# 飛簷走壁

藍色水銀 著

天空數位圖書出版

# 序

　　這個故事的原稿只有十三張稿紙，區區幾千字，七十二小時就寫完了，後來就一直放在資料夾內，2010 年完成了第二階段，也就是電子檔的草稿，2019 年被我改了一小部份，直到 2021 年春節前再度開始更改，然後完成，前後歷時約 13 年。部份的內容取材自新聞，但我把它改得比較有臨場感，同樣的，大部份的內容都是虛構的，如有雷同，請勿對號入座，絕無影射的意思，只是巧合罷了。

　　又是深夜開始敲鍵盤，今天很冷，實在不想出門買宵夜，於是用電腦點了外送，我知道他們很辛苦，都已經這麼晚了還在外面東奔西跑，可是如果不點餐，他們還是必須在外面等，一直等到凌晨一點四十才能回家休息，而且沒有薪水，真是一份辛苦的差事啊！年邁的父親問我，難道不能白天寫嗎？坦白說，還真的有點難，白天有太多的干擾，經常打斷思緒，靈感瞬間斷線。

　　那麼，白天都在做什麼？發呆、打蚊子、網路上衝浪、看電影，例如昨天看了梁朝偉跟金城武主演的擺渡人，或許部份劇情誇張，但要表達的都強烈表達了，梁朝偉演的陳末就是我，何木子走了就再也沒有交女朋友，金城武演的管春還是我，因

為他心裡只有毛毛，陳奕迅演的馬力也是我，就算小玉死心塌地，心裡還是只有江潔，Angelababy 演的小玉依舊是我，除了馬力，什麼都不要，李宇春演的十三妹還是我，在此引用一點劇情：因為我抓住的是冰，冰化了，才發現緣份也沒了，抓著會痛，不放手，最後也會消失的。最近，我的狀態陷入了小玉在劇中的樣子，我知道，她心裡還有別人，但那個人已經不愛她了，也已經另有愛人，可是她的眼裡只有那個人，完全無視我的存在與付出，但我已經年過半百，早已學會不強求，於是，就這樣一直下去也沒關係，我會一直默默守護著她，直到我沒有能力再守護她為止，或許有人會說這是死心眼，但又如何，這是我的人生，我自己的選擇，最後會怎樣還不知道！總之，我強烈推薦失戀中的人看這部電影，看完之後，也許你就走出來了，對了，別管那些負評，放空自己去看這部電影就對了。

# 目 錄

壹：電纜大盜

　　一根根巨大的水泥柱子，高約十公尺、寬約二公尺，上面頂著水泥板，構成了綿延數百公里的台灣高鐵，這個影響台灣交通非常巨大的建築正在進行電纜工程，大量的電纜堆積在其中一根基柱的附近，電纜比姆指還要粗，一圈圈地捆在巨大線軸上面，旁邊是一間臨時搭建的工寮，規模不算小，至少可以住二百人左右，工地旁有許多工人，其中一個人手拿無線電，一手指揮吊車，將其中一捲電纜吊上高鐵的軌道，這個動作持續了幾個小時，一直重複著直到電纜都吊上軌道，電纜則是被軌道上的工程車載往遠方安置。

　　很快就到了凌晨兩點半，這是人類最想睡覺的時間，不過，有一群人正在忙。刻著筏子溪橋字樣的橋頭旁邊，有很長的堤防以及一條路，一部三點五噸的藍色貨車從橋的旁邊開進這條路，駕駛座上一個短髮男人，臉上塗了黑色的顏料，因此看不清楚他的長相，他穿著黑色長襯衫，駕駛座旁的是個女人，五官清秀、身型瘦弱，她從煙盒裡拿出一根煙點燃它並在嘴上叼著，跟她清新脫俗的臉完全搭不上，若不是親眼所見，任誰都無法相信這女人竟是個大煙槍，她銳利的眼神四處打探著，立即讓人感受到她不是個普通女人，彷彿眼前有什麼大事要發生了，另外四個男人，跟司機的打扮穿著差不多，臉上也都是塗黑的，遠遠望去只看到眼睛的反光，在貨車後面的平台上鬼鬼祟祟，探頭探腦的。

　　藍色貨車開到距工寮二百公尺處停下並熄火，後面的三個男人下車並拿了大剪，從高鐵的維修樓梯大搖大擺地闖入高鐵的軌道區。

　　「蘋果，要剪多長？」一人用閩南語問道。

　　「三百公尺啦！」蘋果用國語回答。

　　「我知道了！」於是兩人開始在軌道上方剪電纜線。

　　車上的女人下車，跟後面另一個人一前一後的把風，那男人嘴裡叼著煙，不時地回頭，女人也一樣。

　　「先搬上車！」這時蘋果說。另外兩人將線拉到牆邊，把風的男人站在貨車後的平台上，快速地將線捲成一個直徑約一點五公尺的圓圈，把線整理好之後，又來回做了四次，他們總共得手了一千五百公尺長，將貨車後面塞得滿滿的。

　　「蘋果，多少？」短髮男人用閩南語問。

　　「很多，超過一噸。」蘋果用國語回答。

　　「都上車了嗎？」

　　「都到了！」

　　「那走吧！」

　　貨車因為超載，速度很慢，不過因為是在凌晨，沒人發現，一行人到了之後便開始分工合作，把電纜搬到一處空地上。

　　「小心點，這麼重，被壓到就麻煩了。」蘋果說。

　　「知道了。」那女人走下車後，離車子遠遠的。

　　「用力拉。」蘋果說。五個男人把纜線拉下車子，完成了之後，全都跑到浴室洗臉，恢復原本的容貌。

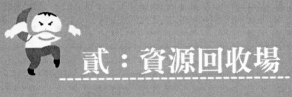

貳：資源回收場

　　大里溪旁的空地上，三點五噸的藍色貨車就停在那裡，一個男人正把偷剪回來的電纜剝皮，他熟練地將塑膠外皮剝掉，另一人收集塑膠外皮，另外的三個人忙著把銅線搬上車，這時天矇矇亮，收集塑膠那人拎著一大包電線外皮，走到大里溪旁，隨手一扔，看也不看就回頭了。

　　「幹！這麼早，吵什麼吵？」一個男人從貨櫃屋走出來罵道。

　　「甲蟲！火氣別這麼大，你看這些值多少？」他遞了一根煙並幫男人點燃。

　　「梅子，去哪裡幹的，有多重？」甲蟲說。

　　「一噸。」梅子說。

　　「昨天的收盤價是兩百四十，二十萬應該沒問題啦。」甲蟲說。

　　「爪耙仔！去打電話，安排時間。」甲蟲用閩南語說。

　　爪耙仔撥出了手機，一處資源回收場的電話響起：「阿正，我是廖培安，什麼時候方便過去？」

　　「現在幾點？」阿正打著哈欠回答他。

　　「早上五點四十。」

「幹！這麼早，現在來啦！」

「走啦！金龜。」梅子告訴拎著一大包電線外皮那個人說。梅子、金龜、爪耙仔三人上了貨車，直奔資源回收場。

「你娘咧！這高鐵線耶，下次別再拿來了，想害死我嗎？」二十五分鐘後，資源回收場裡阿正罵道。

「咦！你怎麼知道？」梅子疑惑地看著阿正說。

「上面有編號啦！把車調頭跟我來。」阿正騎著一台 50CC 的機車，來到兩百公尺外另一處空地上。

「開進去。」他回頭大聲叫道。

「多長？」阿正拿出一隻游標尺量了銅線的直徑，又拿出一副捲尺量了一下並問道。

「大約兩公里！」

「幹！這麼多。」阿正手拿計算機按了幾下並拿給梅子看說道，上面的數字是 213,650。

「走啦！二十萬，我叫小弟去領，到辦公室坐一下。」

「拜託一下，以後千萬別再剪了，我會被你們害死！」

「沒辦法，太缺錢了。」梅子雙手一攤說。

「下不為例，再剪，你們找別人收，別找我。」阿正很嚴肅的對梅子說。

「好啦！我知道了。」

「抽煙啦！」阿正遞了煙，開始話家常。

「謝謝！」

「這麼重，你們到底怎麼搬的？」

「別問了，反正以後不剪了。」

「那以後你們要搬什麼？」

「不知道？路旁看到什麼就拿什麼！」

「這樣不行啦，車子有車牌，而且馬路上都有監視器。」

「有何高見？」

「想到了再告訴你。」

「萬事拜託了。」

「拜你大頭啦！我才要拜託你，以後別再一大早來，你們不用睡覺，我要睡覺，好嗎？」

「好啦！別生氣了，最近生意好嗎？」梅子拍拍阿正肩膀。

「生意不好做，價格變動很大，有時還會賠錢。」

「我們也一樣，這幾年監視器越來越便宜，能下手的對象越來越少。」

「早點轉行吧！」

「哪有這麼簡單，我想，兄弟們不一定願意。」

「你媽身體怎樣了？」阿正深吸了一口煙並吐出來。

「老樣子，一直要洗腎。」

「燕紅現在跟誰在一起？」

「她現在變成老煙槍了，怎麼？還沒放下？」

「你沒回答我的問題。」

「我說了，你會傷心欲絕的。」

「有那麼嚴重嗎？」

「你只記得國中的時候，她很清純，只上了高職夜間部之後，她就變壞了，沒想到，她現在更糟，是墮落。」

「這麼糟，說來聽聽。」

「高職的時候，她為了籌吸毒的錢，下海賣了一陣子，你知道嗎？」

「什麼？怎麼可能？」

「現在，我那幾個兄弟可以同時上她，這樣她就可以得到更多的毒品。」阿正臉上的表情從震驚轉為失落。

「我剛剛說了，你會傷心欲絕的。」梅子說完便起身離去，阿正則是心情掉到谷底，因為他的夢中情人徹底墮落了。

參：黑吃黑

一個中年男人拿著報紙，坐在沙發上，頭條新聞寫著：販毒集團黑吃黑火拼，五人慘死。他臉上露出邪惡的笑容。

「榮泰哥，這件事早晚會查到我們身上，你有什麼看法？」一旁的年輕人年約二十八歲，他說道。

「宏恩，這六個阿陸仔不可靠。」他用手在脖子上比了割喉嚨的手勢，準備將他們滅口。

「怎麼做？」

「我自有辦法，你只要幫忙就行了。」

「好，沒問題！」

半天後，屋子裡共有八個人，除了榮泰跟宏恩，還有六個大陸人，桌上六瓶高粱酒，七盤小菜，每個座位前面都有一大疊鈔票，各三百萬。

「辛苦了！」榮泰舉杯說，接著眾人都舉起酒杯喝酒，這是慶功宴，不過也是最後的晚餐，半個小時過去了，除了榮泰跟宏恩，另外六人都醉倒了。

「搬走他們！」榮泰對宏恩說。

附近的一塊空地上，一部怪手，還有一個深約一公尺半直徑兩公尺的大洞，兩人用拖板車把他們一個接著一個丟進洞裡，

將他們六人活埋，並在上面灑了一些種子，種了一些植物。兩人開始收拾行李，也把剛剛那些鈔票平分，換上全新的衣物，把剛才穿的衣物跟鞋子全燒了。

「以後別碰毒品了，警察最近抓太兇了，根本就賣不掉。」黑色 BMW320 上，榮泰說。

「那要幹嘛？」

「用騙的！」宏恩搖頭表示不知怎麼做。

「以後再教你。」

「你用什麼東西讓他們昏迷不醒？」

「一粒眠。」

「強姦藥？」

「無色無味。」

「原來如此！」

「我們明天開始要分工合作了，我在廈門你在台灣，我負責管人，你負責管錢。」

「怎麼做？」

「先去租房子，我再慢慢教你。」

「能騙多少錢？」

「一年幾千萬到幾億吧！」

「這麼好賺？」

「不會騙你的。」

「好，台灣這邊就交給我了。」

「要不要輕鬆一下？」

「打炮嗎？」

「想太多，是按摩。」

「花錢找罪受。」

「那是你遇到笨手笨腳的，專業的按摩很舒服的。」

「不了，我寧願找兩個女人陪我睡一晚。」

「老地方？」

「不是，前面那間汽車旅館讓我下車。」

「這麼急？」

「我累了，先睡一覺再說。」

「好吧！保持聯絡。」

「那是當然。」

下車之後的宏恩假裝走進汽車旅館，不過，當榮泰的車子遠離之後，他便攔了一部計程車，回到住處。那是一間別墅，車庫裡擺了一部白色賓士，打開門之後，客廳有一部五十吋的液晶電視，電視旁邊有酒櫃，六尺寬的大茶几，深咖啡色的三人座沙發，他把兩個大袋子打開，把一千兩百萬放在茶几上，臉上露出一抹微笑，拿起電話撥出去，一面說話一面把那些錢放回袋子裡。

「玲玲姊，兩個韓國妹，過夜。」

「發財啦？最近混得不錯喔？」

「馬馬虎虎啦！」

「一共十萬。」

「行了，我會把錢交給司機的。」

「服務不好要告訴我喔！」

「沒問題。」掛掉電話之後，宏恩把錢拿到書房，擺在桌子底下，然後把門關上。過了半小時，電話響了一聲便掛斷，他走到門外，一部黑色馬自達停在門口。

「阿明，她們今天做幾個了？」宏恩問司機。

「還沒開張。」

「這麼慘？」

「一次一萬，有幾個人花得起？又不是每個人都跟你一樣賺大錢。」

「想發財嗎？」

「不想，出事會要人命的。」

「哈～好吧！那你就當一輩子司機吧！」

「幾點來載？」

「早上十點。」

「這樣要一本耶，我要賺兩個月才有。」

「你也可以啊！」

「讓我想一想。」

「沒關係，不急，幾個月後才會需要你。」

「可以先借嗎？」

「你需要多少？」

「五本。」

「沒問題啊！上工前我會給你。」

「不聊了，玲玲姊在找我了，好好享受。」

「點一下。」宏恩遞了一捆鈔票給阿明。

「不用了，你是老客戶，不會坑我的，再見。」

兩個身材曼妙，皮膚白晰，五官非常漂亮的女孩跟在宏恩後面，上到別墅二樓，由於語言不通，他們只有做愛、洗澡、看電視、陪睡覺。

「起床了。」阿明在門口撥了電話。

「幾點了？」宏恩拿起電話，兩個女孩一左一右的躺在身邊。

「早上十點。」

「好，等我一下。」宏恩搖醒了兩個女孩，急忙的跑進廁所。

「昨天說的事，可以賺多少？」阿明坐在駕駛座上問。

「一個月至少三本！運氣好可能超過十本。」

「好，到時別忘了我。」

「放心，有錢大家一起賺。」

「我該走了，再見。」宏恩揮手道別後回到客廳，拿起一本筆記本，寫了一些字後，又到二樓睡覺。

肆：死亡之約

　　台中市火車站前的地下道裡，幾個遊民坐在地上，不知道幾天沒洗澡了，那味道實在讓人不敢恭維，經過的人紛紛用手摀住鼻子，快步通過！當然也不會有人記得他們的臉孔，除非是來趕他們的警察，不過今天警察沒來，榮泰戴著假髮跟墨鏡來到這裡。

　　「有誰想賺錢的，只要有身分證。」榮泰問。

　　「我有！」最年輕的那個人舉起手說。

　　「跟我來。」

　　某間汽車旅館門口，榮泰的黑色 BMW320 停在那裡付帳，接著開進去。

　　「先去洗澡！等一下去剪頭髮。」汽車旅館的其中一間房裡，榮泰說。

　　「大哥怎麼稱呼？」

　　「阿宗！」榮泰顯然有心要騙他，用的是假名。

　　「我要做什麼？」

　　「租房子，請幾隻電話。」

　　「就這樣？」他懷疑地問。

「沒錯！」

「那我可以拿多少？」

「一個月五萬。」

「真的嗎？」他有些喜出望外。

「當然是真的，快去洗澡。」

「穿這套吧！你的衣服很臭。」榮泰拿了一套灰色運動服，遞給了還在擦拭身體的年輕人。

「謝謝。」

「別客氣，以後就是自己人了。」

「謝謝大哥提拔。」

「快穿吧！」

美容院裡，年輕遊民曾興國搖身一變，不再是個餐風宿露的遊民，他看著鏡子，臉上充滿自信，但他不知道，榮泰已經設下狠毒的陷阱在等他。

南屯區的一棟套房大樓，榮泰親自載著曾興國租房子，不過始終沒有脫下墨鏡，租約完成之後又立即到北屯租了一間套房。

　　大雅路上的中華電信，榮泰跟曾興國分別在兩個地址請了市內電話。第二天，他們往南出發，又在彰化市跟嘉義市如法炮製，總共又租了三間套房跟申請了三隻電話，榮泰趁著曾興國在辦理電話時準備了兩杯飲料。

　　「辛苦了！喝杯飲料。」車上，榮泰點了五萬元給曾興國，曾興國高興的接過錢，大口喝下飲料。

　　「以後你住在北屯那間套房，有事我會去找你。」

　　「是！宗哥。」

　　半個小時後，曾興國已昏迷不醒，他也被下了迷藥一粒眠，榮泰載著他到殺人現場，上次活埋大陸人的地方，已經長了許多草，榮泰用怪手挖了一個洞，把曾興國推下去活埋，面無表情的在上面灑了種子，然後開車離去。

伍：神　偷

　　中友百貨公司的免費停車場，是一塊很大的空地，醫院的預定地，梅子等人將車開進去，這時候天剛黑，人來人往，他們繞了一圈就離開，晚上八點，他們又出現了。

　　甲蟲先下車，手上拿著萬能鑰匙，四處張望，只要附近沒人，他就把車門打開，很快地，一部又一部車門都被打開，他熟練的技巧，不到二十分鐘就開了五十多部車的門。

　　梅子指揮著其他人大肆搜括，他們就像蝗蟲過境一樣，能拿起來的東西全都拿了，當然，兩旁各有一個把風的，靠近五權路的一人大聲吹了一次口哨，眾人全放下了手邊的東西，若無其事的往百貨公司的方向走去，一聲暗號，眾人又開始搬東西。

　　這時甲蟲已經完成任務，騎車到附近的一中街吃晚餐，梅子已經在車上：「走了！夠了！」

　　一車的雜物，什麼都有，只要能從車子裡外拿得起來的東西全都在貨車上，當然，他們又回到大里溪旁分贓。

　　住在附近的小雨已經三天沒有到停車場，下午一點，她身穿牛仔褲沒化妝就匆忙趕往停車場，準備要把文件送到南部客戶那裡，幫公司簽訂一份重要的合約，正當她低頭拿車鑰匙時，

她忽然覺得自己的車子怪怪的，她的車被偷了，面紙、礦泉水、發票、零錢、回數票、椅套、音響，只要是能拿走的全都消失了，當然包括擺在後座那六隻可愛的凱蒂貓跟史奴比，她哭著打電話。

「喂！我是吳剛，小雨啊！有什麼問題嗎？」

「我的車被偷了！」

「車被偷了？」

「我是說車上的東西被偷光了。」

「別急，妳在哪裡？」

「中友的免費停車場。」

「在那裡等我！我馬上到。」

吳剛立即拿起手機撥出電話：

「吳宗志嗎？」

「我是！是吳剛啊！堂弟，什麼事？」

「宗志哥哥，我公司的小妹在中友免費停車場停車，車子裡的東西全被偷光了。」

「中友免費停車場是嗎？」

「你知道？」

「昨天到現在已經有五十三個人報案了，我會盡力去查的！」

「麻煩你了。」

十分鐘後，吳剛開著黑色 BENZ-350 出現在停車場，他把車停好，走到了粉紅色 MARCH 旁，張大了眼說。

「哇！真狠，連輪圈蓋都偷！」

小雨哭紅了眼，吳剛安慰他說。

「我再幫妳買就好了，哭什麼嘛！上車吧！我跟妳一起去南科。」

陸：招兵買馬

榮泰花了兩個星期，總共騙了三個遊民，當然，他們的下場全都一樣，都被迷昏然後活埋，找閻羅王報到去了，他一共租了十四間套房，現在的他正準備飛往香港。

「先招兵買馬。」榮泰在車上開始交待宏恩一些事。

「要找哪些人？」宏恩問。

「偷一些機車，最好十台以上。」

「還有呢？」

「其他的注意事項都在這本筆記本裡面，你慢慢看吧！」

「再見！」榮泰下車後沒有回頭，直接進入機場。

宏恩立即展開了行動，拿起電話。

「建國，有好康的，要不要做？」

「做什麼？」

「電話裡說不清楚，見面聊。」

「我哥可以去嗎？他已經半年沒工作了。」

「建成嗎？」

「是啊！」

「當然可以！」

泡沫紅茶店裡，宏恩跟建國、建成兩兄弟一拍即合，立即成了集團中的核心。

「那就明天來上班。」

「好啊！」建國說。

「不要遲到喔！」

「知道了！」建國說。

宏恩拿起了手機撥了出去。

「甲蟲啊！我是宏恩，有沒有空？我請你吃飯。」

「明天晚上七點，一中街唱片行前面。」

「好，再見。」

第二天晚上七點，一中街唱片行前面。

「最近好嗎？好久不見了。」

「馬馬虎虎啦，一天幾千塊。」

「要不要賺外快？」

「說來聽聽。」

　　宏恩拿出一張紙，上面是十二台機車的型號跟顏色，還有一個地址。

　　「有沒有辦法？一台五千。」

　　「不過，我的兄弟很多。」

　　「我給你十萬。」

　　「明天晚上交貨，錢我要先收一半。」

　　「沒問題，可以順便幫我把鎖配好嗎？」

　　「這樣要加三萬。」

　　「好。」

　　「那就明天晚上見嘍！」

　　凌晨兩點三十分，甲蟲在一棟套房大樓外的人行道上走了一趟，確認了下手的目標之後立即開了一部機車的鎖，一個人將它牽到馬路上，就這樣連續開了六部機車的龍頭鎖，只花了二分鐘，六部機車一起發動，騎向宏恩指定的地址。

　　十五分鐘之後，六部機車跟藍色貨車到了一處三合院，在環中路旁的巷子裡，非常隱密，誰都想不到宏恩會把機車藏在這裡。

「這裡有六台，等一下我們再來。」甲蟲說。

「小心點。」宏恩回答。

「知道啦！」甲蟲說。

　　六個人又上了藍色貨車，往另一棟套房大樓出發，之所以會選擇套房大樓，是因為這類的大樓外通常停滿了機車，而且誰也不認識對方，就算偷車賊在你面前偷走了車，你也會以為那只是同一棟的住戶，很快的，他們就如法炮製得手了另外六部機車，又到了環中路旁巷子裡的三合院，宏恩正等在那裡。

「辛苦了。」宏恩說。

「都照你的要求，鑰匙晚上我再拿過來。」甲蟲說。

「好，這裡是另一半的錢。」

「謝謝。」甲蟲接過那些錢。

飛簷走壁

柒：跨海犯罪集團

　　一架飛機降落在香港國際機場，座位上榮泰正看著手錶，戴著墨鏡的他依舊透出幾分邪惡，他似乎是在等人，這時有兩個長相非常接近的女人，年約二十五，身材曼妙，穿著時髦，兩人應該是雙胞胎，慢慢走向榮泰。

　　「泰哥。」兩人異口同聲地說。

　　「慧如、慧心，我們先進香港逛逛，過幾天再去廈門。」

　　「好。」

　　三人搭上捷運直達香港。

　　警察局裡，吳宗志跟賴良忠正納悶著，吳宗志說：「奇怪！兩個地點都有六部機車失竊，而且……」

　　「而且型號完全不同。」賴良忠分析說。

　　「我懷疑有一個以上的竊盜集團在中部活動，高鐵的電纜，中友停車場，還有今天凌晨這兩起集體竊車案。」

　　「查一下那幾個會開鎖的，看誰最有可能。」

　　「賈崇光，外號甲蟲，假釋一年半了，我懷疑是他做的。」

　　「這傢伙居無定所，又很狡猾，要抓他不容易。」

　　「是啊！毫無線索，那些機車就像人間蒸發一樣，消失了。」

「三個大案，手法完全不同，目的不同，他們到底想做什麼？」兩個刑警對這個案件非常頭痛，完全摸不著頭緒。

簽完約回家的小雨累得不想動了，不一會就睡著了，她手抱著七十公分高的 HELLO KITTY 絨布娃娃，連妝都沒卸，她真的是累壞了，睡夢中，一通電話打進來，她下意識地接了電話：「喂⋯⋯」帶點睡意地回答著。

「請問是陳雨潔小姐嗎？」

「我就是。」

「妳好，我是調查局的專員，我們懷疑妳的帳戶遭到詐騙集團利用，請你立即將帳戶中的餘額 53 萬 7205 元用自動櫃員機轉到我指定的帳戶，否則我們將把妳列為共犯。」

迷迷糊糊的小雨嚇出一身冷汗，竟呆呆到了附近的銀行，找了一台提款機將錢轉出去。

電話那頭，歹徒拿著她五天前領錢的明細表，還有車子擋風玻璃前的聯絡資料，偷偷地笑著，那笑容說有多邪惡就有多邪惡。

當小雨回過神想問對方的姓名時，對方說。

「陳小姐，謝謝您的合作，我們查清楚後再跟您聯絡。」扣的一聲，對方掛掉電話，嘟⋯⋯嘟⋯⋯嘟⋯⋯

小雨拖著疲憊的身軀回到住處，繼續跟周公約會。

　　第二天上班，小雨把事情的經過告訴吳剛。

　　「糟了，妳被騙了，我們快報警。」

　　警察局裡，吳剛吳宗志跟小雨坐在其中一桌。

　　「這是交易明細。」小雨拿出一堆收據。

　　「完了，是人頭戶，來不及了，最近詐騙集團越來越猖狂，這個戶頭早上才被我們鎖定。」吳宗志用電腦查詢後說。

　　「上次偷車的抓到了沒有？」吳剛問。

　　「還沒，他們很小心，不好抓。」

　　「怎麼那麼不小心？」倒楣的小雨哭著走出刑警隊，吳剛說。

　　「我怎麼知道，對方不但知道我的名字，連存款餘額都正確，我才會被騙。」

　　「妳現在還有錢可以用嗎？」

　　「沒有。」小雨搖頭看著吳剛。

　　「這裡是一萬，先拿去用，不夠再告訴我。」

　　「喔！」

捌：人為財死

　　台中市新社區往東勢的路上，本來就沒什麼車經過，凌晨三點更是安靜得嚇人，連自己呼吸的聲音都能聽得一清二楚，梅子一行人將車停在直昇機訓練場附近，蘋果利用鋁梯已經爬上電線桿，他拿著大剪刀想剪電線，只見火光一閃，蘋果就已經掉下來，躺在地上喘也不喘一口氣，血慢慢從他身體裡流出，眾人見狀竟置之不理，全都上車逃離現場。

　　天亮了，一名早起的農夫騎著腳踏車經過，看見躺在血泊中的蘋果，連忙到附近派出所報案。

　　兩名穿著制服的警察立即到現場，發現蘋果的雙手焦黑，右手還緊握著剪電線用的專用剪刀。

　　「他應該是要偷電線被電死的。」

　　「搜看看有沒有證件。」

　　「好。」這名警察搜了蘋果的身上，沒有任何發現。

　　「沒有。」

　　「先送到東勢殯儀館冰起來吧！」

　　「唉！電線能賣多少錢啊？連命都賠掉了。」

　　「這叫做人為財死，鳥為食亡。」

　　蘋果的死上了報紙社會版，賴良忠拿著報紙，並招手示意吳宗志到身邊。

　　「聯絡一下東勢分局，等等過去。」賴良忠說。

　　「你懷疑死者跟幾個大案有關？」吳宗志說。

　　「沒錯，高鐵的電纜也是被剪斷的。」

　　「給我幾分鐘。」

　　「在哪裡？」殯儀館裡，賴良忠、吳宗志還有兩名制服員警，吳宗志問。

　　「請跟我來。」一名制服員警說。

　　「有目擊者嗎？」

　　「報案的時候，已經死亡數小時。」

　　「謝謝。」

　　「你知道他是誰嗎？」制服員警問。

　　「知道，林國清，外號蘋果，是慣竊，目前通緝中。」

　　「謝謝長官，那我們回去就可以通知家屬，還有結案。」

　　「等等可以幫個忙嗎？我們需要案發當天全新社的監視器錄影。」

「沒問題，破案的時候，別忘了把我們的名字列進去。」

「那有什麼問題！都是自己人。」

「阿祥，麻煩一下，這兩位警官想要查一下電纜大盜死亡當天的錄影。」

「不必查了，是贓車，他們開到大里之後就消失不見了。」

「可以告訴我們消失的地點嗎？」賴良忠問。

「中興路大里溪附近。」

「糟了，那裡在重劃，監視器很少。」吳宗志說。

「謝了，祥哥。」賴良忠說。

「那裡誰最熟？」偵防車上賴良忠問。

「DT 幫老大畢千里。」吳宗志說。

「為什麼？」

「他們一天到晚在空地上練習飛越障礙。」

「你有把握請他幫忙嗎？」

「放心，他還欠我人情。」

「怎麼說？」

「我曾經放他一馬，只要他供出 DIO 迪奧幫的練習場。」

「聽起來是你欠他。」

「不，當時上級要求全面掃蕩，我知道他們只是玩車，不會鬧事，所以他們全都逃過一劫。」

「迪奧幫是地下錢莊外圍，非常囂張。」

「所以被掃掉啦！現在大里只剩下 DT 幫。」

「聯絡得上嗎？」

「不用，這種天氣，他一定在那裡練習。」

「那就走吧！」

玖：冰　塊

「幹，這麼笨，還摔死了。」失手的梅子等人回到賊窩，梅子說。

「怎麼辦？條子會不會追到這裡？」竹筍著急地問。

「怕什麼？那裡有監視器嗎？」金龜說。

「我擔心的不是這個，我們已經沒錢買冰塊了。」梅子說。

「大不了不吃而已。」唯一的女人燕紅說。

「那怎麼行，我一定要吃啦。」竹筍說。

「去叫甲蟲出來一下。」梅子說。


「什麼事？」甲蟲說。

「想請你再幫一次忙，我們沒錢了。」梅子說。

「怎麼幫？」

「中友百貨。」

「好吧！」

「你什麼時候有空？」

「當然是半夜兩點再去，你們這群安仔，頭腦老是不清楚。」

「你們不是剛拿到不少錢？」甲蟲又說。

「沒辦法，最近冰塊很貴，價錢一直漲。」梅子說。

「那也不能這麼拼啊！剛才竹筍說蘋果剪電線的時候摔死了。」甲蟲說。

「是啦！那傢伙笨手笨腳的才會摔死的。」梅子說。

「你們這樣不是辦法啦！早晚會被條子盯上。」

「那怎麼辦？」

「小心一點，這樣偷下去一定會出事的。」

中友百貨免費停車場的案件轟動全台灣，驚動了所有媒體來報導，吳宗志被指派為指揮官，限期破案，半夜兩點三十三分，他正盯著新裝在那裡的監視器。

「是甲蟲，快叫兄弟出發。」

為了偵辦這個案件，吳宗志的小組暫時移到三民路上的派出所，沒想到才不到一天甲蟲就出現了，三分鐘後，他們就到了現場。

一聲口哨音，眾小偷鳥獸散，那是他們的暗號，不過吳宗志經驗豐富，很快地阻擋住竹筍，他被壓在地上，在貨車上的金龜也來不及逃跑被逮，其他人趁亂向四方逃竄，並未被補。

「供出同伙，我就向法官求情，幫你減刑。」偵訊室裡，吳宗志問竹筍跟金龜。

「別白費心機了。」竹筍說。

「你呢？」吳宗志看著金龜。

「我什麼都不知道，我只是路過。」

「好吧！既然兩位這麼堅持，那上次的五十三台，帳全算你們的。」

「你有什麼證據？」金龜說。

「證據很多，你想要哪一台車的？」

「哼！你少唬我了。」竹筍說。

「好吧！隨便你們，等一下就移送地檢。」

「沒憑沒據，為什麼要移送？」

「去跟法官說吧！對了，你們的通聯紀錄，還有所有成員的對話都有錄音，我建議你們誠實一點。」

「我才不信，如果有證據，你就不會套我們話了。」

「算了，想幫你們也幫不了，對了，現在的一罪一罰，可以累積刑期，我相信你們至少要關十年八年，再加上強制工作，我不敢想喔！等你們出來，至少六十歲了。」

「六十就六十，怕你嗎？」竹筍說。

「對啊！我才不怕。」金龜說。

「那就祝福兩位了。」

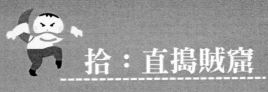

拾：直搗賊窟

　　由於竹筍林祝順跟金龜洪金貴堅不吐實，遭裁定收押禁見，他們的下場就像吳宗志說的，要關很久，還必須強制工作幾年，當然，這是後來法院判的，不是立即知道。

　　貨車上的幾張發票在吳宗志手裡，他分析出幾個便利商店跟加油站，判定賊窟在大里，也跟畢千里提供的資料相符合，調出監視器畫面比對之後，確定了位置。

　　大里溪旁的賊窟，甲蟲偷了五部機車，一人一部正騎回來，經驗豐富的甲蟲看到吳宗志的車隊立即示意梅子加速逃跑，吳宗志等人來不及部署，只抓到了爪耙子廖培安跟蘆筍盧順義，蘆筍在逃跑的時候跟爪耙子不小心互相擦撞，雙雙跌倒，渾身是傷乖乖就範，樣子非常狼狽。

　　梅子、燕紅和甲蟲雖然跑掉了，不過爪耙子廖培安意外地供出全部成員的名字，這讓吳宗志答應幫他向法官求情。

　　「你說的都是真的嗎？」吳宗志問。

　　「我可以帶你們去那裡。」廖培安回答。

　　「叫救護車把盧順義載走，阿傑，你帶兩個人去問案跟戒護。」吳宗志說。

　　「是！隊長。」

50

「其他人跟我來。」

大里溪旁的賊窟，各式各樣的贓物，吳宗志共調了兩部卡車才將它們全都載走，他拿起手機打給吳剛。

「有空嗎？叫你家小雨來指認。」

「指認什麼？」

「證物啊！東西這麼多，我一時之間也找不到你們的東西。」

警察局的空地上堆積如山的贓物，十幾個受害者已經開始指認自己的失物，吳剛一眼就認出了輪圈和那些娃娃。

「就這些了。」小雨比著地上挑出來的一堆物品，告訴偵辦的警員。

醫院裡，阿傑也有收獲。

「廖培安，你合作一點，我會向法官幫你求情的。」阿傑動之以情地說。

「那十二台機車是我們偷的，開鎖的是甲蟲，還有中友百貨跟高鐵的電纜都是。」

「機車在哪裡？」

「在環中路，這是地址。」

「電纜賣給誰？」

「也在環中路，他叫阿正。」

「正新資源回收場嗎？」

「是的。」

「還有呢？」

「我只知道這麼多了。」

　　失去賊窩的梅子、燕紅、甲蟲，到處亂竄，想要找到一個新的根據地，他們一直在找沒什麼人出入的破房子，不小心闖入有人住的地方就假裝問路，一天一夜過去了，不但沒有找到，連機車都沒油了，只好在路旁又隨意偷了三部，不過這個舉動，卻被吳宗志的小隊掌握，他們連忙調出那個範圍的監視器畫面，可惜他們實在很會亂跑。

　　「我肚子好餓。」梅子說。

　　「我也是。」燕紅看著甲蟲。

　　「看我幹嘛？我也快沒錢了。」甲蟲說。

　　三人把車騎到高架橋下的一處空地，個個垂頭喪氣。

「怎麼辦？」梅子說。

「是啊！怎麼辦？」燕紅還是看著甲蟲。

「辦法是有，可是要找到這個人不容易。」

「怎麼說？」梅子問。

「現在條子到處找我們，手機不能開，一開我們的行蹤就會曝光。」

「那怎麼辦？」梅子問。

「要移動之前先把電話抄起來，然後想辦法用別的電話打給他。」

「甲蟲，你還有多少錢？拿一些出來買東西吃吧！」梅子說。

「只剩幾千，這一千拿去吃飯，拜託你們別再吃冰塊了。」

「我去買飯。」燕紅說。

「我去吧！萬一車子發不動，你們兩個又不會處理。」甲蟲的話確實有點道理，他們兩人現在的狀況不適合再亂跑，因為機車是偷來的，沒辦法打開油箱蓋，必須一直偷別的機車，但只有甲蟲會開機車鎖。

拾壹：黑糖剉冰

「我請妳吃飯，慶祝一下。」吳剛帶著小雨走出刑警隊，信心滿滿地說。

「有什麼好慶祝的，音響不見了耶。」小雨還在氣頭上，沒給吳剛好臉色。

「至少史奴比跟輪圈還在啊！」

「笨蛋。」小雨敲了吳剛的頭，他心想，不知道誰比較笨呢！車被偷又被騙，不過他非常喜歡小雨，只能忍受她的無理取鬧。

「吃什麼？」吳剛趕緊轉移話題。

「炸藥啦！」小雨歇斯底里般地回答，吳剛一臉無奈。

「別這樣嘛！」

「火鍋。」

「現在大熱天耶！外面三十七度呢。」

「那你還問！」

「那……到底要吃什麼？」吳剛無奈地看著小雨問。

「我想吃黑糖剉冰。」此時她的腦海裡，出現了自己在黑糖剉冰裡游泳的畫面，穿著粉紅色三點式泳衣，趴在史奴比造型的游泳圈上，但吳剛很快就把這個畫面給打碎了。

「在哪裡？在哪裡？在哪裡？」吳剛問了三次，他不知道小雨正在神遊，小雨也根本不知道吳剛在跟她說話，於是吳剛拍了她的肩膀，這下她才回到現實中。

「永興街。」

「那裡沒地方停車耶。」

「我不管啦！我就是要吃這一家的冰啦！」

吳剛只好把車子放在刑警隊裡，叫了一部計程車。

永興街德化街口，計程車停在那裡，小雨跟吳剛下車，小雨不等吳剛就自己走向冰店，哇！好多人，將店裡所有的位置全坐滿了，一盤又一盤的冰不斷地從剉冰機下面拿出，老闆跟伙計們忙得不可開交，排隊的人至少有十五個，好不容易終於輪到小雨，她選了仙草、布丁、杏仁加煉奶，吳剛點了一盤芒果冰。因為店裡面滿滿的人，他們只好先站著等，這時一對男女跟一個小男孩站起來。

「阿信。」小雨大聲叫道，她興奮的表情弄得吳剛一頭霧水。

「好久不見。」阿信伸起右手打招呼，卻見吳剛跟阿信的女伴已經快氣炸了。

「小雨媽媽，我好想妳。」那小孩衝過去緊緊抱住小雨說道。這下吳剛和阿信的女伴都臉色鐵青，吳剛瞪著阿信，女人瞪著小雨，彷彿想把阿信跟小雨生吞活剝似的。

「你們坐吧！我們吃完了，站著就行了。」阿信說。

「原來雜誌上寫的是真的，你們真的在一起。」小雨說。

「喔！對了，美鳳！這是小雨，偉偉以前的褓姆，這位想必是飛剛資訊的老闆吳剛，吳董事長。」阿信說。

「你好！我是吳剛。」

「久仰大名，今日一見果然氣度不凡，小雨跟著你，是她的福氣。」阿信伸出手跟吳剛握手，也說了場面話。一旁的小雨跟小孩也在聊天。

「偉偉有沒有乖呢？」小雨一手摟著他，一手拿著湯匙，準備吃冰。

「當然有啊！所以爸爸才帶我來吃冰嘛！」其他的就是他們兩人之間的秘密了，因為他們情同母子，有很多事，一個眼神或是手勢，就知道對方在想什麼？想做什麼？兩人一陣大笑，但沒人知道原因。

「什麼時候要上大班？」小雨問阿信。

「下個月。」

「好快，好像才出生沒多久，現在就這麼大了。」

「歲月不饒人啊！」

「什麼時候要娶美鳳？」

「那要問她的姊姊秦美珠啊！她沒答應的話，說什麼都是白搭。」

「聽說她很難搞？」

「她只是很敬業，什麼都要求完美，不過她現在已經退出演藝圈，說不定會有改變。」

「你還沒讓秦美珠知道嗎？」

「她應該知道！美玉到我那裡好多次了。」

「美玉有說什麼嗎？」

「沒有，美玉不是跟妳很好？」

「以前很好，但也有一陣子沒聯絡了。」

「有空跟吳董一起來家裡坐坐吧！」

「好啊！」

「那我們先走了。」

拾貳：肇事逃逸

「JAMES……」阿信還沒走到門口，小雨大聲地用阿信的英文名字叫著，試圖把他叫住。

「明天是晴晴的忌日，你會去祭拜嗎？」阿信回頭走向小雨，小雨接著說。

「我正是為了此事回來，聽說妳的車被人偷光了東西，找回來了嗎？」

「剛找到，不過音響不見了。」

「這樣吧！你們慢慢吃，明天我再找妳好了，掰掰。」

「再見。」

「晴晴跟小雨是什麼關係？為什麼你們好像很親密的樣子？」秦美鳳忽然插嘴問。

「晴晴就是偉偉的媽媽，晴晴跟小雨是好朋友，去年此時此地，晴晴騎車在這個路口慢慢地經過，忽然間她被撞到飛上了天，在十多公尺外掉下來，一部黑色 BENZ-350 撞上她，不但沒有煞車，反而加速向晴晴碾過去，她當場肚破腸流，死得好慘！」

「那台黑色 BENZ-350 撞到人沒下車反而故意壓死晴晴，事後賠給對方家屬二百萬之後卻沒有出面道歉，對方不服氣，

但是因為賓士車主找了立委，所以最後這件事便不了了之。」
吳剛低頭說。

「所以是你撞死了晴晴！？」小雨驚訝地看著吳剛說。

「是吳剛撞死了晴晴！」阿信說。

「你撞死了晴晴！」小雨瞪大了眼看著吳剛說。

「對不起！」吳剛知道瞞不住了，只好承認。

「對不起可以還我一個好姊姊嗎？可以還偉偉一個媽媽
嗎？不行！我看錯你了。」話一說完小雨便起身掉頭就走，留
下一臉懊惱的吳剛。

「吳剛就是在這裡碾過晴晴，她死得好慘，這裡是鬧區，
吳剛竟然以時速五十以上衝過路口，他連煞車都沒踩一下。」
十字路口，阿信比著一間店面前方說。

十字路口，吳剛望著四個人的背影逐漸消失在眼裡，他懊
惱地低下頭，兩眼無神地往健行路的方向走去。

另一條路上，三百公尺外，唐山茶館，其中一桌坐了四個
人，正是阿信他們。

「喝什麼？」阿信問秦美鳳。

「隨便！」她有些漫不經心地回答。

「這裡沒有隨便，請妳具體說出想喝什麼？」

「你們兩個別生氣好嗎？」小雨開口阻止兩人鬥嘴！

「我沒生氣，只是阿信太多秘密了。」秦美鳳說。

「別這麼說，他花了很多精神，才把妳從靜和里接出來，讓妳過著有尊嚴的日子，他很愛妳的。」

「既然愛我，為什麼跟晴晴生下偉偉？」

「現在可以不提這些嗎？」小雨說。

「不行，我一定要知道。」秦美鳳說。

「唉！說了，妳可能會很難過，何必呢！」阿信嘆了一口氣，深情地看著她。

「快告訴我嘛！」秦美鳳搖著阿信的肩膀說。

「好，不過，要妳姊姊答應，我才能說。」

「姊姊在哪裡？快叫她來。」

「好，妳等一下，我去找她。」

「美珠姊，我是阿信，能過來唐山茶館一趟嗎？」阿信在店外說電話。

「美鳳怎麼了？」

「她情緒不是很穩定。」

「怎麼會這樣？」

「她以為我愛晴晴也同時愛她。」

「你沒解釋嗎？」

「可以嗎？」

「不對，當然不行，你說在哪裡？」

「榮華街唐山茶館」

「我馬上過去。」

「勞煩您了。」

「客氣什麼？都是自己人。」

　　阿信的秘密就是秘密，當然不能說，因為他是美鳳的夢中情人：李聖恩的表哥，兩人的身材、長相、聲音都很像，是秦美珠拜託阿信照顧美鳳的，但美鳳時好時壞，尤其是看到李聖恩在媒體上的消息時，她的精神病又會發作，這樣的安排，看似難為了阿信，但其實阿信也喜歡美鳳，所以才答應秦美珠的請求，而美鳳似乎早已知道，阿信是姊姊派來的替身，但她也情願接受一個愛她的替身：阿信。

飛簷走壁

# 拾參：汽車屠宰場

　　高架橋下的空地上，甲蟲等三個人已經走投無路，連吃飯的錢都沒有了，他們只好跟肚子妥協。

　　「甲蟲，最近那麼背，你有什麼建議？」連連失利的梅子只好問甲蟲有什麼好路子。

　　「投靠宏恩吧！我看他好像混得還不錯！」

　　「好啊！總比在這裡等死好。」

　　「我要事先聲明，他可不是好惹的，跟他做事，必須為達目的，不擇手段。」

　　「為了活下去，這樣也沒什麼不對啊！」

　　「辦不到人家想要的，就必須退出，你們兩個平常這麼懶散，可以接受嗎？」

　　「有錢賺的話當然沒問題。」燕紅說。

　　「你呢？」甲蟲看著梅子。

　　「那，那有什麼問題！」梅子顯然對自己沒什麼信心。

　　「既然你們都沒問題，那就皮繃緊一點了。」

　　「宏恩啊！有空嗎？我有點事找你商量。」甲蟲拿起手機撥出。

「我在漢口路的上明園吃飯，過來一起吃吧！」

梅子跟甲蟲等三人換了機車，來到台中市漢口路。

「吃這麼好！」甲蟲說。

「一客才兩百多，便宜啦！坐，我請客，不要跟我客氣。」宏恩對招兵買馬一向非常厲害，手中握有的罪犯名單，其實都是人才，可惜用錯地方了，甲蟲就是其中一個。

「甲蟲！你最厲害的是什麼？」宏恩問。

「當然是開鎖。」

「這不就得了，正哥在太平有個屠宰場，你們只要把車開去那裡就行了，價格保證你們滿意。」

「這倒是個方法。」

兩天沒吃飯，三個人都點了許多東西，狼吞虎嚥的樣子還真滑稽，不過宏恩不在乎這點小錢跟細節，他知道，要真正收買甲蟲的心，這樣以後做什麼都會方便許多。

「正哥，我是宏恩，最近缺什麼貨？」宏恩立即聯絡。

「豐田的都行，不要太破的，你懂我的意思。」

「好，晚點我帶幾個朋友過去找你。」

「豐田的車，沒問題吧？」宏恩問甲蟲。

「簡單。」

「好！果然沒讓我失望，記得，樣子要好一點的，這樣價格比較好，正哥收的時候也會比較乾脆。」

「為什麼？」梅子問。

「很簡單，這些車進去之後會立即解體，零件會送到二手倉庫，廢鐵也會盡快處理掉，車子狀況越好，零件越值錢。」

「零件？」燕紅疑惑地看著宏恩。

「妳不知道嗎？有小保養廠，會跟正哥買零件，便宜，而且又騙客人是新的，這樣就可以賺更多錢。」

「原來是這樣。」燕紅說。

「吳隊長，等等甲蟲要到太平交易，要不要連阿正一起抓？」警方的監聽車上，一名主管拿起手機。

「好！我會帶隊過去埋伏的。」

汽車屠宰場，閩南語叫殺肉場，意即報廢汽車的肢解地。正哥經營的汽車屠宰場，三部豐田汽車駛入，一旁的工人仍然在趕工，用工具拆卸零件。

　　警方監視阿正已經很久了，早就懷疑他合法掩護非法，現在正是一個好機會，當然不可能錯過，所以吳宗志調足了人員，將汽車屠宰場周邊所有出入道路都部署人員，在辦公室裝上針孔攝影機，就等證據確鑿，便要衝進去抓人！

　　辦公室裡，阿正在數鈔票，準備交給甲蟲，忽然間吳宗志帶著幾個刑警荷槍實彈地走進來，眾人皆錯愕不已，但阿正居然故作鎮定。

　　「警察大人，什麼貴事？」

　　「我們懷疑你們正在交易贓車。」吳宗志說。

　　「冤枉喔！」

　　「那你剛才交給他們的錢是什麼錢？」

　　「那是會仔錢。」

　　「你說的喔，你們剛剛的交易過程都有錄影跟錄音喔。」

　　「你們非法取證喔。」

　　「唉呀！你這個傢伙不配合就是了。」

　　「警察大人，我不是不配合，我真的沒犯法，要怎麼配合？」阿正狡辯著！

　　「那你是不打算承認嘍！」

「沒做要怎麼承認！」

「好！全都帶回去，反正都有錄影跟錄音，我看你怎麼跟法官講。」

梅子、燕紅、甲蟲後來分別被判刑五至十年不等的刑期，他們的竊盜生涯暫時告一段落。正哥則因為無法交代數十部汽車的來源，收押禁見了半年，最終熬不住，承認了收受贓車，也承認賣二手零件，被判了五十多年，合併應執行也達到十二年，還有強制工作三年，有前科的他，這下至少要失去十年的自由了，而且還牽連一堆保養廠老闆，他們都以詐欺罪被起訴，沒帳簿的大多被判得比較輕，多半可以緩刑，因為罪證比較薄弱，有帳簿的，傳喚了一堆證人，結果就是讓這保養廠老闆入獄三年。

拾肆：欲擒故縱

刑警隊裡，宏恩因為沒有開贓車，也沒有收錢，吳宗志也只能放他走，但其實是別有用心。

「你可以走了，在這裡簽名。」吳宗志比著紙的最下方。

「這麼好？」

「你不是說你只是陪他們去而已嗎？」

「是啊！我只是一起去，並不知道那些車是偷來的。」

「那就對了，所以不關你的事，你當然可以走了。」

宏恩面帶微笑地離開，卻不知道自己被監視了。

「隊長，為什麼要放他走。」阿傑問。

「我已經在他車子底下裝了 GPS，這條大魚就快完了。」吳宗志拍拍阿傑的肩膀說。

「我懂了！這叫做欲擒故縱。」

「你帶幾個兄弟，把班排好，我要你們全天候盯緊他，這傢伙絕對不簡單。」

「你怎麼知道？」

「臨危不亂，而且，這麼年輕就開這麼高級的車，就算是二手車，也要一百多萬，新車要將近三百萬，我剛剛查了一下，他買的是新車。」

「這麼有錢？」

「他的家境不好，父母都沒什麼錢，還有幾百萬貸款，而且他這三年多都沒有工作，你覺得他靠什麼過日子？」

「會不會是中樂透？」

「查了，沒有。」

「組頭？」

「不像，組頭會有銀行轉帳，我覺得他可能是詐騙集團的重要幹部。」

「怎麼說？」

「直覺。」

「怎麼說？」

「他身上值錢的東西太多了，百達翡麗手錶：一百多萬，鈦晶項鍊：十萬，鑽戒：兩百多萬，連皮夾都好幾萬，卻沒有信用卡，這表示他都用現金買貴的東西，他的衣物跟鞋子應該也不便宜。」

「隊長，你的觀察力也太強了，難怪你年紀輕輕就當上隊長，哪像我，混了這麼久還不能升官。」

「別拍馬屁了，盯緊一點，我覺得有大事要發生了。」

「唉！又要睡車上了。」

「別抱怨了，第一天進刑事組嗎！」

「我只是要跟老婆報備一下。」

「她嫁給警察，就要有心理準備。」

跟監了幾天，宏恩的藏身處被發現了，那十多部失竊的機車居然全在那裡，而建國建成兩兄弟經常騎著他們去銀行的提款機領錢，這下證據齊全了，於是吳宗志將附近的地形放在投影機裡播放出來。

「這三個人是詐騙集團的成員，這一條小路通到中清路，阿傑，你帶人堵住，小寶，你帶兩個人用釘板擋住大馬路，其他人跟我進去抓人。」

三合院的客廳裡，宏恩跟兩兄弟正在分贓，他們今天又得手了七十五萬放在桌上，建國剛把錢綁好，吳宗志帶人進去，豈知宏恩去上廁所，只抓到兩兄弟，他們不知所措的把手高舉，沒有反抗或逃跑的意圖，宏恩聽到聲音，探頭之後立即跑上一部機車從小路逃跑。

　　小路上，阿傑將一部偵防車放在那裡，所以被堵住了，宏恩車速過快，來不及煞車撞上了黑色的偵防車後面，整個人翻到了車頂上滾了幾圈後掉在引擎蓋上，然後再掉在車子的前面，阿傑走過來，拿出手銬將他銬上。

「阿傑，他還去過哪些地方？」吳宗志問。

「一間別墅，有幾個應召女郎去過。」

「去查一下，這裡應該是他藏錢的地方。」

「可是，房子不是他名下。」

「那就申請搜索票，如果是租的，就找房東。」

「可以明天再去嗎？大家都累了。」

「這件事辦完，我們就可以休息幾天了。」

「真的嗎？」

「快去辦吧！」

「是。」

由阿傑帶隊的任務，總算完成，刑警隊裡，一堆證物。

「隊長，你真的是神算耶！」阿傑說。

「事情辦得怎樣了？」吳宗志問。

「現金應該有幾千萬，還沒點，不知道總數，還有一些名錶、鑽石、珠寶。」

「還有呢？」

「這台筆電應該有一些資料。」

「先問筆錄吧！不肯合作再說。」

拾伍：殺人魔

　　被捕的建國、建成很快就承認自己是車手，因為他們身上都有幾十張別人的金融卡，想賴也賴不掉，何況還有監視器畫面，但其他的事一律推給宏恩。

　　「我跟我弟弟只負責領錢，其他的什麼都不知道。」建國對阿傑說。

　　「是這樣嗎？」阿傑看著建成。

　　「就是這樣。」建成說。

　　「所以你們兩個是車手？」

　　「是的。」建國心不情願地承認。

　　「做多久了？領了多少？」

　　「幾個星期，大概一千五百萬。」建國說。

　　「你呢？」阿傑看著建成問。

　　「我也差不多。」

　　偵訊室裡，只有吳宗志跟宏恩。

　　「你的同伴說那些機車都是你準備的，其他的東西也都是你的，他們只負責領錢是嗎？」

　　「……」顯然宏恩不願配合，他一句話都不說。

「少年耶！你這樣會被裁定收押喔。」

「……」宏恩還是不說話。

「我知道你後面還有人啦！把他供出來，不然你會變主謀喔，現在一罪一罰，我看你最少要被關個五年八年的，除非你配合，法官會判你輕一些的。」

「你少騙人了。」

「你終於肯開口了。」

「我沒騙你，如果我沒猜錯，最近失蹤的那幾個遊民租的房子，就是你們的犯罪工具，他們現在在哪裡？」

「……」宏恩這下慌了，想到自己可能背上殺人罪，他動搖了。

「你看，這幾個人都失蹤了，你們的詐騙電話都曾經轉接到這幾間套房，如果你不把他供出來，我看你可能會關一輩子喔。」

「好！我說……」

宏恩不願背黑鍋，但他自己也是幫凶，該怎麼辦呢？

「你可以幫我求情嗎？」宏恩問道。

「只要你把主謀供出來，我一定幫你。」吳宗志說。

　　經過數個小時的偵訊，宏恩的電話響了，吳宗志要他接起來，吳宗志知道，那就是主謀，他看得出來。

　　「泰哥啊！什麼事？」

　　「明天準時來接我。」

　　「沒問題。」

　　「他明天會從香港回來，下午四點三十五分那班飛機。」宏恩說。

　　「很好，你這樣子我才有辦法幫你求情。」

　　「他非常狠的。」

　　「放心，我保證他一下飛機就會被抓，不要擔心！」

　　第二天下午四點三十五分，榮泰跟慧如慧心在機場被逮捕，他狠狠地盯著吳宗志，彷彿要將他生吞活剝！但他的犯罪生涯也正式畫下句點了，再來的日子，他都必須在監獄中度過。

　　吳宗志跟賴良忠帶著十幾個刑警押著宏恩跟榮泰回到命案現場，那裡早已經長滿了草，榮泰狠狠地瞪著宏恩，宏恩轉過頭去避開他的眼光。

　　「吳隊長，人就埋在這裡了。」宏恩低著頭深深吸了一口氣，對吳宗志說。

「叫怪手司機開挖。」吳宗志說。

怪手照著宏恩的指示挖出了六具屍骨，眼尖的賴良忠看到旁邊有幾處有類似的痕跡，他對怪手司機比了那幾個地方，又陸續挖出十一具白骨，他一共殺了十七個人，榮泰臉色鐵青的低下頭，不再囂張。

榮泰的自白這麼寫著：

我的詐騙資料來自中華電信、遠傳、台灣大哥大、銀行、電視購物台、戶政單位等等，我買通員工，所以每一筆資料都很正確，這讓我的成功率非常高。

三年前，飛剛資訊接到國安局的訂單，要求設計一套程式，三家電信公司的所有電話只要接通一律自動錄音並記載雙方電話號碼，飛剛資訊的董事長吳剛藉機將全部的客戶資料下載，賣給各大詐騙集團，獲利約八千五百萬。

銀行方面，有四個經理給了我一些有錢人的資料，並提供我幾個帳戶，讓錢轉來轉去，把錢洗得乾乾淨淨，這幾個人分別是……

至於購物台，他們提供的資料就更完整了，有基本資料加消費習慣，最重要的是信用卡卡號跟刷卡日期，所以我用每一筆五元向他們購買。

　　戶政資料部份則是讓我交叉比對，確認身份用的。

　　密密麻麻的自白長達數萬字，巨細靡遺，涉案者吳剛、四名銀行經理、二個購物台經理、六個戶政人員、十七位電信公司從業人員，這一長串的名單，就像是一串肉粽，誰都跑不掉。

自白的最後一段是這麼寫的：

　　我知道自己難逃一死，所以供出了所有的犯罪證據，我現在將不法所得五億三千多萬全數還給受害者，帳戶是……　受害者資料藏在電子信箱裡，帳號是……　密碼是……雖然無法彌補我的罪孽，但這已經是我唯一能做的，在此向所有的受害者說聲抱歉！

　　由於榮泰對案情坦承，並交出所有不法所得，所以法官就判了他三個無期徒刑，幾百年的刑期，而不是死刑，但他的下半輩子，都將在監獄裡度過了。

拾陸：畏罪自殺

　　「有搜索票嗎？」賴良忠帶著十多個警察搜索飛剛資訊，一開始吳剛並不願配合。

　　「在這裡。」賴良忠拿給他看了之後便收起。

　　「我可以打一通電話嗎？」

　　「請便。」

　　「老闆，條子說要搜索公司。」吳剛撥了電話。

　　「讓他們搜，難道你要讓場面難看？」

　　「可是，萬一他們搬走電腦，生意要怎麼繼續？」

　　「搬就搬吧！我要忙了。」

　　「可是……」吳剛的話還沒說出口，對方已經把電話掛掉。

　　「怎樣？可以開始了嗎？」賴良忠問吳剛。

　　「你們要搜什麼？」

　　「我們懷疑你跟詐騙集團合作，提供被害人資料。」

　　「這怎麼可能？沒這回事。」

　　「有沒有要看證據，口說無憑。」

「要怎樣你才肯相信？」

「電腦，這裡的電腦，含全部的硬碟、光碟、隨身碟都必須讓我們帶走。」

「可是，這樣我要怎麼做生意呢？」

「沒辦法，這是上面交代的，我們只是執行，請你配合。」

「好吧！你們要搬就搬吧！」

「現在麻煩你，請你的員工先放假幾天，等資料解讀完，再決定電腦是不是證物？應該繼續扣押，或是發還給你。」

「我知道了。」吳剛知道自己逃不掉了，臉色鐵青地通知員工們停止工作。

台中市筏子溪畔，一名年約五十歲的中年人，皮膚黝黑，帶著齊全的釣魚用具走到溪邊，正準備甩出魚竿，赫然發現水裡一具屍體，他連忙拿起手機報案。

「是吳剛，雖然泡了兩天，已經踵成相撲選手的樣子，不過，我還認得他。」吳宗志到了現場，交待幾個警員將屍體打撈上岸。

「隊長，怎麼辦？」阿傑問。

「先送去驗屍吧！」

　　吳宗志臉色不怎麼好，因為吳剛是他的堂弟，他拿起電話撥給一個人，是他的長輩，他的嬸嬸。

　　「宗志啊？什麼事？」

　　「我要告訴妳一件大事，妳先找一張椅子坐下。」

　　「到底什麼事？急死我了。」

　　「坐好了嗎？」

　　「好了，好了，快說吧！」

　　「吳剛死了，死在筏子溪，泡在水裡面已經兩天。」

　　「什麼？你說吳剛他……」

　　「是的，嬸嬸，吳剛死了。」

　　吳宗志面色凝重地掛上電話，看著一旁躺在地上的吳剛，隔著一層白布，剎那間，兒時一起玩的畫面湧上心頭，眼淚竟忍不住流下，電話那一端，吳剛的母親也崩潰了，開始嚎啕大哭，她就只剩下吳剛了，她的丈夫早就病死，好不容易吳剛當上董事長，本來是可以在家族中炫耀的事，但現在，她什麼都沒了，只剩孤家寡人一個。

　　「隊長？你還好嗎？」

「沒事，收隊吧！」吳宗志擦去眼淚，故作堅強，但現在的他，心情非常低落，辦案子辦到自己的親人，還是兒時玩伴，這種心情真是很複雜。

「是落水死亡。」吳剛的屍體躺在一張床上，法醫說。

「怎麼說？」吳宗志問。

「他的肺部都是髒水，應該是掉進筏子溪死的。」

「謝謝！我先走了。」

就在賴良忠搜索完飛剛資訊那晚，吳剛坐在辦公室裡，寫下短短的遺書，這封遺書，在幾週後才被回到公司整理東西的員工發現，交到吳宗志手中之後，也算水落石出。

「小白，資料解讀多少了？」警察局裡，賴良忠問。

「都是基本資料比較多，有的有銀行存款，總共三百多萬筆啊！」

「資料這麼齊，難怪可以騙到這麼多人。」

「還好你們破案了，否則不知道還有多少人要受害。」

「唉！大家都累了，剩下的都交給你了，我們都需要休假幾天。」

「放心好了，這是我的專長跟職責。」

拾柒：飛簷走壁

　　梅子等人犯下多起案件，最讓人驚奇的就是這一件了，監獄裡，他的長官看了案情的資料，並把他找來訪談。

　　「主管好，找我什麼事嗎？」

　　「第一次進來？」

　　「是的，我是初犯。」

　　「表現好一點的話，大概三分之二就可以出獄了。」

　　「不是二分之一？」

　　「那是第一次報假釋的時間，還有公文的往來時間，萬一被駁回的話，要報第二次，甚至第三次報假釋才會過。」

　　「原來是這樣。」

　　「別難過了，有什麼問題的話，直接找我，或是你的室長也可以。」

　　「我知道了。」

　　「說說你是怎麼偷東西的？」

　　「這樣好嗎？」

「早上的時間就是作業，把紙袋做完就可以休息，中午吃飯，下午分批洗澡，你住最後一間，所以是最後洗，還有兩小時要等呢！」

「好吧！那我說了。」

時間回到犯罪當時，他們跟蹤了一台 BENZ-500，應該是有錢人，這時，他們全家出遊，梅子見機不可失，便召集了同伴，拿著樓梯，爬上了別墅的三樓陽台，沒想到卻打不開門，於是他拿出了繩子，綁在陽台的鐵條上，讓自己進到一樓的遮陽板上，他輕輕地爬，就怕已經嘰嘰作響的遮陽板破了，然後他小心翼翼地往下一跳，發現有一道窗戶沒關，那是一樓的廁所，他拆掉了窗戶，讓自己的頭鑽進去，左肩先進到屋內，挪了半天又將右肩挪了進去，此時他的身體一半在屋外，一半在廁所裡，接著他的腰部也通過了，於是他雙手撐在馬桶上讓自己慢慢地掉下來不至於受傷，然後他開門讓同伴入門大搬家。

「大搬家？很精彩啊！賺了多少？」主管問梅子。

「大概十幾萬。」

「這麼好賺？我一個月薪水才幾萬而已，還有更精彩的嗎？我聽說你們犯了一個大案。」

「辦公大樓那件是最大的。」

「說來聽聽。」

時間回到辦公大樓竊案發生當時，梅子搭電梯到頂樓，並走到頂樓的陽台，看了一下，有清洗玻璃的吊掛設備，於是他爬到水塔上面躲起來，等到凌晨一點，他打電話給同伴。

「現在上來。」

「好，等會見。」

四個躲在廁所裡的同伴從馬桶上下來並打開門，走到頂樓協助梅子將吊掛設備就定位，並且降到十七樓的位置，那是一家珠寶公司，梅子拿出一隻鐵鎚將玻璃敲破，進入裡面大肆搜括，然後再從吊掛設備回到頂樓，將珠寶用搖控直昇機載到對面的一棟公寓頂樓，甲蟲用搖控器將直昇機收回，拿出一包鑽石，他滿意地點頭。

「鑽石？是這一件嗎？」主管拿出報紙問。

「是的，主管怎麼知道？」梅子驚訝地看著他。

「聽說你們偷了上億的鑽石，不過到現在還沒拿出來。」

「都在甲蟲那裡。」

「梅子，你是聰明人，只要說出珠寶的下落，並且找到的話，我保證你的刑期會縮短。」

「我不信。」

「這位是教誨師，你問他吧！」此時來了一個人。

「你好，梅子是嗎？」

「是的。」

「說出鑽石放哪裡，我保證你這一條的刑期可以減半。」

「那是多久？」

「很難說，目前是求刑一年半。」

「那也沒差多少啊！」

「是沒錯，不過報假釋的時候，我可以幫你說話，這樣又可以更早出去。」

「我說了，你們不能讓甲蟲知道喔！拜託。」

「放心吧！甲蟲總共被判十幾年，加上強制工作，至少要十年後才能出去，到時候，他未必找得到你，而且他的假釋應該不好過，說不定要關到期滿。」

「好，我說，不過我無法描述具體地點，就算你們到那裡，也未必找得到，最好的方法是我去現場拿出來。」

「你想跑？」教誨師說。

　　「不是這樣的，那個地方很隱密，而且藏的地方也很安全，如果我沒去，肯定找不到的。」於是梅子被請回座位上，主管則跟教誨師竊竊私語。

　　「你怎麼看？」主管看著教誨師說。

　　「試看看吧！說不定他說的是真的。」

　　「那就找賴良忠來辦手續吧！」

　　「又見面了，梅子。」賴良忠說。

　　「是你啊！隊長。」梅子的心情看起來不錯。

　　「聽說你要帶我們去找到那批鑽石？」

　　「沒錯，沒有我，你們是不可能找得到的。」

　　「好吧！既然你這麼說，那就上銬上腳鐐。」

　　「現在就走？」

　　「不然呢？等你出獄嗎？」

　　「別說笑了，隊長，我還想早點出獄呢！」

　　「那就走吧！」

　　兩部偵防車跟一部警車來到建國被捕的三合院。

「竟然是這裡？你到底把鑽石藏在哪裡？」賴良忠問。

「屋頂，要我上去？還是你們去？」梅子問。

「你去拿，我先警告你，如果你想逃，我會送你一顆子彈嚐嚐的。」

「放心，我是為了減刑才帶你們來的。」

「阿傑，你們去外面，四個角落各一個人，他如果逃跑就開槍。」

「知道了，隊長。」阿傑說完便跟三個同事佈陣。

「我需要解開腳鐐跟手銬，還要一把梯子。」

「別耍花樣啊！」賴良忠再度警告他。

「我知道啦！你到底要不要拿鑽石啊？」梅子開始不耐煩。

「梯子來了。」

只見梅子爬上樓梯，並上了橫樑，橫樑上居然有玄機，他打開屋頂，外面的阿傑以為他要逃跑，把槍口對準他。

「別開槍，鑽石藏在其中一片瓦的下面。」梅子大喊。

「把槍放下，讓他專心找。」賴良忠說。

「找到了，在這裡。」梅子翻起一片瓦，又放回去，手裡拿著一包鑽石。

「都在這裡了，四十八顆鑽石，你點看看。」梅子把鑽石交給賴良忠。

「勝哥，你鑑定一下。」

「好，我看看啊！」

「都是真的。」過了一會，勝哥說。

「謝謝你了，梅子，法院那邊，我會幫你說話的。」賴良忠拍拍他的肩膀。

「一切拜託隊長了。」

「在裡面要乖一點，才能早點假釋，知道嗎？」

「我懂，可以載我回家看我母親嗎？我好幾年沒看到她了，我被抓，她應該還不知道。」

「好吧！念在你這麼配合，我就讓你回家一下。」

「媽！」梅子大喊。

「梅子？」她有些遲疑，畢竟這個兒子好久沒回來了，她回頭看著梅子，眼淚就這麼掉下來。

「媽～～～」梅子衝向母親，緊緊抱住她。

「他們是？」梅子不打算瞞著母親，決定說出真相，這也讓賴良忠等人決定，要給梅子機會，讓他早日跟母親團圓，畢竟這一幕實在太感人了。

梅子回家之後，痛哭流涕，抱著母親懺悔，依依不捨的母親，最終也只能看著梅子的身影上了偵防車，沒想到三年多沒見面，竟是梅子入獄的消息。

拾捌：二手市場

這是一個很特別的地方，什麼東西都可能出現在此，商家開出的價格有時會讓消費者失去控制，隨便就掏腰包付錢，買了一堆可能用不到的東西。

「老闆，這台電視多少？」一個中年婦女問。

「一千。」

「這麼便宜，可以幫我送到家嗎？」她一臉驚訝並問。

「在哪裡？」

「文心路三段。」

「那要加五百。」

「便宜一點啦！」

「最低一千三。」

「好，我要了，對了，那台音響多少？音質好像不錯。」

「三千。」

「你確定？」她還是懷疑價格，因為這台音響，在大賣場的標價是兩萬多，她最近才看的。

「確定。」

「兩千賣不賣？」

「兩千八。」

「兩千五。」

「賣了。」

「那台電鍋呢？」

「三百。」

「我要了。」話才說完，她的目光已經在咖啡機上。

「這台呢？」

「五百。」

「要了，吸塵器呢？」那是知名的品牌，全新的可是很貴的。

「一千。」

「也要了。」她東張西望又看了一會，確定沒有其他想要的東西才跟老闆結帳。

「麻煩妳，送貨地址。」

「可以到貨再付錢嗎？」

「可以。」

接下來的幾攤，她幾乎都用相同的方式，很快就決定購買，手中大包小包的，卻不知她已經被一個人鎖定，那個人跟在她後面，趁她不注意，把她的錢包給摸走了。

「老闆，總共多少錢？」

「四千八。」

「咦？錢包呢？」她著急得東張西望卻不知道錢包已經被剛剛那個人偷了。

「老闆，你有看到我的錢包嗎？」

「沒有，那邊是管理委員會，麻煩妳去那裡調監視器吧！」

「真倒楣！」婦人自言自語地說。

「找到了，就是這個人，他一直跟在妳後面。」

「現在怎麼辦？」

「麻煩妳去報案吧！監視器畫面我會請警察來拿。」

「要報案啊？」

「當然，不然要我們抓小偷嗎？」

「你們是管理委員會，多少要負一點責任吧？」

「拜託，這裡每天進進出出的人超過幾千人，我們哪裡有能力抓啊！」

「那至少要提醒我們吧？」

「有啊！門口貼了海報，上面寫著：小偷橫行，請小心保管財物。」

「我沒看到。」

「那沒辦法了。」

「哼！」婦人心不甘情不願的到轄區的派出所報案。

「在哪裡被偷的？」做筆錄的是阿傑。

「二手市場。」

「錢包裡面有什麼？」

「證件、金額卡、信用卡、現金兩萬。」

「麻煩妳，基本資料填一下，然後簽名。」

「有機會找到嗎？」

「等等趕快去補發證件，並且掛失金額卡、信用卡。」

「你沒回答我的問題。」

「小姐，證件有可能啦，不過金額卡、信用卡可能被盜領跟盜刷，妳不趕快掛失，恐怕會損失更多。」

「什麼？不早說。」

「我剛剛不是說了。」

「簽好了。」

「如果找到的話，會盡快通知你的。」

不過婦人還在氣頭上，根本沒聽進去就急著離開。

「怎麼了？阿傑。」吳宗志問。

「二手市場又有竊案發生，這是今天的第三件了。」

「這麼囂張？」

「我等等就去拿影帶。」

「記得叫管委會把警語做大一點，明顯一點，如果他們沒做，就表示他們也有份。」

「為什麼這麼說？」

「他們賣的東西都太便宜，不合邏輯，而且每個週六、週日都超過十件竊案，我懷疑他們是竊盜集團的銷贓部門。」

「可是，你有證據嗎？」

106

「你下個星期，帶幾個兄弟去裝針孔，把現場不足的方向跟位置補足，特別是場外的停車場，要把每輛車的車牌都拍得清清楚楚，對了，記得知會管委會。」

「為什麼要告訴他們？」

「如果他們知道了，而通知同夥，那下週就只剩業餘的會犯案，那就確定了我的想法，到時再想其他方法抓人。」

吳宗志的推測是對的，隔週果然只有一個獨行俠在偷東西，而且很快就被阿傑等人鎖定，當場逮個正著，不過真正的竊盜集團在哪裡呢？

拾玖：扒手集團

「媽的，條子插手，根本不能動手啊！」二手市場的管委會其中一人說。

「別擔心，就快選舉了，到時有得忙了。」另一人說。

「可是，這樣大家會很辛苦的。」

「傻瓜，人家已經在警告我們，你還想去送死？」

「怎麼說？」

「那個帶頭的隊長已經在懷疑我們了。」

「你怎麼知道？」

「他們已經在附近裝了很多針孔，準備把我們一網打盡。」

「那怎麼辦？」

「最近要乖一點啊！」

「可是沒收入該怎麼辦？」

「你想去吃牢飯嗎？」

「不想。」

「那就快練習。」

「又要練？」

「你不練也行，喝西北風填飽肚子吧！」

「哲哥，你別開玩笑了，喝西北風能填飽肚子？」

「既然你知道，還不去練習。」

「好吧！我去召集他們過來，一起練熟一點。」

「不是熟一點，是不能出錯，任何一個人錯，就會被抓。」

　　七個人，有的拿報紙，有的拿雜誌，還有手上拎著衣物的，書包是打開的，第一個人拿著一個皮夾傳給拿報紙的，皮夾當然就是用報紙夾住，然後用雜誌夾住，再塞到衣服的口袋，最後丟進書包，然後兩個學生交會時書包互換，總共五個人，另外兩個女人一個推著娃娃車，一個假裝是孕婦，接應皮夾並帶走，前前後後，只用了五秒左右。

「還不錯，繼續練。」哲哥說。

「哲哥，休息一會吧！」假裝孕婦的女人說。

「賈如玉，妳這麼快就累啦？」

「人家的專長是開鎖，不是假裝孕婦啦！」

「我知道，可是妳哥哥跟那群人已經被抓，我們這些人，全都瘦巴巴的，大搬家根本做不來，所以才當扒手的，況且，

現在二手市場已經被條子盯上，最好別再賣贓物，以免吃牢飯啊！懂嗎？」

「當然懂啊！不然幹嘛練習這個。」

「明天先去菜市場練習。」

「喔！」

「奇怪？我的錢包呢？」第二天，在菜市場裡，果然就有受害者出現。

「沒關係，都是熟客了，下次再給我就好了。」雖然老闆這麼說，但這已經是第二個客人沒帶錢包了，他心裡正在納悶，但遠處又有人被相同的手法扒竊，然後錢包快速傳遞到兩頭的娃娃車跟假孕婦手裡。

「隊長，你最好來一下。」刑警隊裡，阿傑正在做筆錄。

「什麼事？」吳宗志問。

「這個菜市場，今天總共有十五個人被扒。」

「監視器畫面調了嗎？」

「在這裡，你看看，我已經把時間都寫上。」

「好，我找看看。」

「停。」刑警隊裡，賴良忠看著螢幕說。

「你認識她？」吳宗志問。

「她是賈崇光的妹妹——賈如玉。」

「你看，被偷的錢都塞進她的肚子裡。」

「不對，還有一個。」

「在哪裡？」

「那台娃娃車，上面的小孩是假的。」

「不過，現在已經收攤，要抓恐怕不容易，我想，他們會一直換地方偷，除非我們知道在哪裡偷，否則很難抓到。」

「而且這幾天都有選舉造勢，根本抽不出人力。」

「選舉造勢？」

「你不知道嗎？」

「對不起，最近太忙，沒注意到。」

「看來只好先放棄。」

「不，選舉造勢是很好扒竊的機會，他們不會錯過的。」

「可是現場人山人海，要人贓俱獲恐怕有難度。」

「對啊！根本看不到什麼時候下手的。」

## 貳拾：萬人造勢

選舉的時候，總有些競選總部會提供免費的便當、食物、飲料，吸引更多支持者，尤其是大型造勢的場合，哲哥帶領的扒手集團，當然不會放過這個機會。

「別急著動手，把條子的位置摸清楚，大家都在移動的時間才動手。」哲哥在出發前再度叮嚀。

「萬一被識破怎麼辦？」賈如玉問。

「只有動手的那個人有可能被懷疑，其他的人不要慌，更不必跑，現場上萬人，而且是晚上，不可能找得到的，懂嗎？」哲哥說。

「懂。」賈如玉說。

「等到大家都就定位時，我們就休息，然後先撤，等快散場再回去。」哲哥說。

「為什麼？」賈如玉問。

「就定位的時候，沒人動，只有我們動，很容易被抓啊！散場的時候，大家都在動，就算有錄影，也根本沒辦法看出誰在動手的。」

「我懂了，哲哥，難怪你是老大，大家都聽你的。」

「再說一遍，把條子的位置摸清楚再開始。」

116

「這幾個是便衣，他們很厲害，別在他們身邊動手，知道嗎？」哲哥拿出一部長鏡頭類單眼，拍了幾張照片，並傳給大家輪流看，而哲哥繼續望著造勢場所，此時天快黑了，不少人已經開始進場。

「大哥是怎麼知道的？」其中一人問。

「他們是這一區的刑警隊員。」

「原來是這樣！」賈如玉說。

「好了，準備出發。」

進場跟退場的時間，人來人往，才幾分鐘的時間，他們就已經得手三件，由於訓練有素，動手的人就算當場被逮，也沒辦法找到皮夾，因為皮夾拿起的瞬間，就已經開始轉移，而且幾秒鐘就不知去向。

「錢包呢？」一個七十歲左右的婦人自言自語說。

「怎麼了？」身邊的老人問。

「我的錢包不見了。」

「會不會是剛剛碰到妳的那個人偷了？」

「我也不知道！」

「先去報警吧！我陪妳去。」

「所長，你總算回來了。」值班員警大喊。

「什麼事？」所長說。

「過去一個半小時，有十八個人報案，說自己的錢包被偷了，全都在這個選舉造勢場。」員警拿著報紙，上面是造勢的地點跟候選人名字。

「這麼嚴重？」

「通知吳隊長了嗎？」

「通知了，可是他說沒發現。」

「這怎麼可能？」

「會不會是現場範圍太大了？」

「嗯！確實，我剛從那裡回來，就算投入一百個警力，恐怕也很難抓到這些扒手，現場真的很大，超過兩萬人。」

事實上，不止是哲哥的扒手集團，現場總共有三組專業的扒手集團在活動，到了第二天，總共有八十三人報案，這件事傳到警察局長那裡，他的臉色鐵青，立即找了吳宗志跟賴良忠這兩個隊長訓話。

「這件事千萬不能鬧大，而且要趕快破案，不然我的官位不保，你們兩個，恐怕也會被列入黑名單，升遷就沒機會了，知道嗎？」

「局長，我們兩個研究了一晚，總共有三個大集團，四個小集團在那裡，其中只有兩個有資料，其他都是生面孔。」賴良忠說。

「那還不去抓人？」

「不行啊！局長，監視器畫面只能證明他們到過那裡，無法定罪的，而且，被偷的全是皮夾，恐怕證據早就不見了。」吳宗志連忙阻止還在氣頭上的局長。

「那怎麼辦？你說。」局長怒視著吳宗志。

「放心，明天就輪到台北頭痛了，這個壓力，絕對不會在您的頭上的。」吳宗志的話雖然有點奇怪，卻是真的。

「為什麼？我們這樣不會成為目標嗎？」

「明天晚上台北有兩場大型造勢，我估計全台灣的扒手會到場八成以上，預估跟往年一樣，整晚可能會幾百件，所以壓力絕對不在台中，而是台北。」吳宗志信誓旦旦的說。

「真的嗎？我還是很懷疑。」畢竟局長不是刑警隊出身，對犯罪數字的敏感度不如吳宗志。果然，隔天的造勢，被多人錢包失竊的新聞給掩蓋了。

貳拾壹：捷運爆滿

　　在捷運站附近辦造勢是正確的，但卻也意外成為扒手們下手的好地方，爆滿的捷運站，很快就傳出有人被偷，不過這個站長也不是省油的燈，馬上不停廣播。

　　「目前捷運站人潮擁擠，請注意身邊的陌生人，也注意身邊的財物。」廣播開始之後，大家不再只是聊天，偶爾會東張西望，這讓扒手們失去許多機會。

　　「哲哥，還要繼續嗎？」賈如玉問。

　　「不了，回台中吧！今天的收獲夠多了。」

　　「可惡，竟敢擋我們的財路。」另一個扒手集團的成員在一部轎車上，咬牙切齒說。

　　「人家也是職責所在啊！你是在氣什麼？」

　　「我就是不爽。」

　　「今天得手快一百件，我們可能已經成為警方的目標，先休息一陣子，你可別急著動手。」

　　「你這麼怕死，怎麼當老大？」

　　「好吧！你要這麼想我也沒辦法，自己保重，再見。」這個老大下車之後就消失了幾週。不過他的同伙因為沉不住氣，隔天就在捷運站被警察逮個正著。

「別動，再動就開槍了。」一個警察拔槍對準他。

「趴在地上。」另一個便衣警察大聲說。

「合作一點，不然多告你一條襲警。」便衣又說。

「搜他的同伙。」便衣對著不遠處，另一個被抓的人。

「搜到了，隊長，總共八個錢包，都不是他的。」其中一個警察把他的背包往地上倒，掉出一堆皮夾。

「兩個都帶回去，收隊。」便衣就是隊長，他非常有經驗，早已鎖定這兩人。

「阿榮，把這兩人的指紋送到鑑定室，看看昨天那些皮夾上的指紋是不是有符合的。」隊長回到刑警隊馬上下指令。

「是，隊長。」

「隊長，總共有二十七個錢包有他們的指紋。」半天之後，有了驚人的結果。

「很好，阿榮，把他們兩個移送地檢吧！」

「是。」雖然主謀沒有落網，但也讓這個集團少了兩個人，暫時無法大規模犯罪了。

「把其他的皮夾拿去跟這些人比對。」

「這麼多？」阿榮問。

「不多，這些都是北部的慣竊，最厲害的扒手。」

「多厲害？」

「你看吧！」隊長播了一段慢動作，就是這個集團六人合作的畫面。

「哇！這麼快？被害人抓到他了，可是皮夾早已被那個人拿到百公尺外的廁所。」阿榮指著一個小小的背影。

「所以說，要比對指紋還有監視器畫面啊！」

「看樣子，還有同伙。」

「慢慢來，對付他們要有時間，還有頭腦。」

「還是隊長有經驗。」

「別說了，趕緊送他們走吧！我可不想再幫他們出一次便當錢。」

「是。」於是，這兩人就此進了監獄。


幾天之後，指紋比對完成，吳宗志接到一通電話，正是台北的那個便衣隊長。

　　「宗志啊！你的判斷真準，李俊哲跟賈如玉都來台北了，總共有四十七個錢包有證據，另外，他們的伙伴應該也可以抓來比對指紋，我有不少的監視畫面，等等傳給你。」

　　「謝謝學長。」

　　「謝什麼？都是自己人，你的情報，讓我們在比對指紋的時候省了不少事呢！」

　　「一共多少件？」

　　「跟你預估的差不多，將近四百。」

　　「這麼多？」

　　「已經算少了，另外一場有六百多件。」

　　「這麼囂張？」

　　「沒辦法，那一場，人數超過十萬，根本沒辦法監控。」

　　「說的也是，人那麼多，光是比對就累死人。」

　　「不說了，要忙了。」

　　「再見。」

　　「再見。」

貳拾貳：偷天換日

　　當鋪裡，一對年輕男女，拿出一枚鑽戒說是要典當，並且拿出一張真正的證書。

　　「嗯！證書是真的，鑽石也是真的，你們想當多少呢？」老闆問。

　　「可是，人家捨不得。」女子看著男子。

　　「老闆，可以先還給我嗎？我要考慮一下。」男子說。

　　「好，東西是你的，還沒出大門，都沒關係。」老闆說。

　　「寶貝，我們現在快沒錢了，先借十五萬，過幾個月就有錢贖回來啦！」

　　「可是，我真的好喜歡它嘛！」

　　「別可是了，老闆，就借十五萬。」

　　「我算一下行情，你們等一下。」

　　「價值六十萬，好，可以借十五萬。」過了一會，老闆確認。

　　「利息會很高嗎？」女子問。

　　「我們是合法經營，一萬元每個月兩百，十五萬就是三千。」

　　「好吧！三個月後再見了。」女子拿著戒指盯著看。

「你有換成功嗎？」一部轎車上，女子問男子。

「當然有，真的在這裡。」男子拿出一枚完全相同的戒指，在女子面前晃來晃去。

「接下來呢？」

「繼續啊！如果沒換成，隔天贖回來不就行了。」

「對耶！你還有幾個莫桑石戒指？」

「十四個，這批莫桑石，可以騙倒一堆當鋪了。」

「你真棒！」女子親了男子的臉頰。

「走吧！下一家。」

短短兩天，他們就用這種手法借了兩百多萬，被害的當鋪，都是到隔月要催討利息，才發現上當了。

「隊長，這件案子要怎麼辦？」阿傑問吳宗志。

「把相片發給銀樓跟當鋪，要他們注意，拖延交易時間，並偷偷報案。」

「可是，他們到底怎麼辦到的？」

「看好了，這兩個戒指顏色不一樣，對嗎？」

「對！」就在阿傑眨眼的瞬間，戒指就從紅色變藍色。

「沒看清楚，再來一遍。」

「看清楚了嗎？」

「怎麼會？」阿傑目瞪口呆，因為戒指又被掉包了。

「他們手中一定有真的鑽戒，然後趁老闆不注意，就把鑽戒換回自己手中，而且又有證書。」

「這麼狡猾？」

「我擔心不是這個，你看，他用的身份證已經報失，說不定是假身分證，阿傑，你去查一下。」

「隊長，你果然神機妙算，借的人跟身分證上的是不同的人，那現在怎麼辦？」

「調車牌看看，如果是贓車，那就不好找了。」

「車是租的，用的是同一張身分證。」過了一會阿傑說。

「這麼厲害？我要動動腦了。」吳宗志搔搔頭。

「你慢慢想吧！我要回家帶小孩了。」

「好，我想出來之後，第一個告訴你。」

「隊長再見。」

「隊長，目前全台灣出現三組這樣的犯罪手法，我猜，他們可能幕後有高人指點。」隔天的刑警隊，阿傑說。

「這是當然，只有一個辦法了。」

「什麼辦法？」

「車是租的，所以必須租車，對吧！」

「然後呢？」

「裝追蹤器啊！只要是這幾張身份證租的都裝。」

「我還是不懂。」

「他們幾乎都跟那幾家車行租車，所以只要請店家幫忙就可以了，只要他們一租車就跟蹤，一定可以抓到人，而且是在當鋪或是銀樓，不需要追逐。」

「真是個好辦法。」

「快去安排吧！有得忙了。」

貳拾參：銀樓聯盟

　　由於偷天換日的手法防不勝防，銀樓跟當鋪業者，難得把同業當成盟友，合作的目的只有一個，將這三組人繩之以法，並想辦法討回款項。

　　「阿信，可以把美鳳帶過來銀樓嗎？」秦美珠撥電話給阿信，應該是有大事發生了。

　　「現在嗎？」阿信問。

　　「方便的話就現在來。」阿信當然有空，也不會拒絕秦美珠的任何要求，因為他是真心喜歡秦美鳳的。

　　「終於要找阿信幫忙了嗎？」王漢聲對秦美珠說。

　　「我很久沒有跟美珠好好聚聚了，趁這個機會，就讓美珠也過來。」

　　「妳打算怎麼辦？」王漢聲從身後親吻秦美珠的臉頰，自從他們結婚之後，就一直專注在珠寶業，秦美珠壓根不想回演藝圈了。

　　「我想把警方交還給我們的鑽石全賣了，結束辦公大樓的業務，把隔壁買下來，給阿信經營水晶業。」

　　「我不太懂妳的意思。」

　　「阿信深愛著美鳳，也是個人才，可惜老天爺愛跟他開玩笑，奪走他的妻子，還有全部的財產，所以現在很辛苦。」

134

「妳這麼說我更聽不懂了。」

「我們經營的是銀樓，動不動就要客人掏出幾十萬，對於那些喜歡珠寶，又買不起的客人，我們總是留不住，我希望在我們銀樓買不起首飾的客人，全數由阿信經營的水晶店接手，獲利或許不會太多，但總是可以把客源鞏固，而且他擅長拍照跟網路拍賣，相信可以帶來許多客人，這樣銀樓也可以增加新客源，兩家店相輔相成。」

「可是，這樣一來，辦公大樓那邊的員工怎麼辦？」

「給阿信指揮，由他負責兩家店的網拍。」

「怎麼會有這樣的想法？」

「那邊的員工太懶散，已經虧損好幾個月，這次鑽石被偷，也是因為他們太懶，沒有在下班後鎖進保險箱造成，我想讓阿信整頓一下他們。」

「原來如此，對了，銀樓、當鋪聯盟的事情妳怎麼看？」

「你太善良，不適合跟當鋪打交道，所以我才找阿信。」

「我不懂？」

「他有不少黑社會的人脈，也跟刑警隊長吳宗志是好朋友，由他來跟這些人接觸，既可以比較容易完成聯盟，也不會讓我們成為黑社會的目標。」

135

「你要他代表我去開會？」

「當然，由他去，那些囉嗦的事就會少很多。」

「什麼意思？」

「黑社會如果知道我們的銀樓是阿信在掌權，自然不會動歪腦筋，而附近幾家銀樓老闆都老了，如果能說服他們也支持阿信，這一區自然會比較安靜，不會老是有人來找麻煩，或是推銷毒品、地下賭盤、兄弟茶等。」

「他那麼厲害？」

「阿信以前是賭王松哥的左右手，據說黑道兄弟對他敬畏三分，因為他身手了得，而且非常狠，可是松哥退休之後，卻沒有好好照顧他，自己擁有幾百億，卻連一百萬都不肯給阿信，阿信一氣之下，綁架松哥，逼他簽下一百億的本票，這些錢最後全都進了慈善機構，阿信分文未取，吳宗志是偵辦此案的隊長，因為欣賞阿信這次的劫富濟貧，不但沒有起訴他，兩人也成了好朋友，松哥則是氣到中風，她的老婆也因為吸毒過量致死，松哥的獨生子才十歲就跟母親一樣，吸毒致死。」

「原來阿信是現代羅賓漢啊！」王漢聲非常驚訝。

由於王漢聲跟中區幾家老字號銀樓的推舉，阿信順理成章的成為這一區的代言人，原本有意趁機併吞這幾家銀樓的黑社會勢力，打了退堂鼓，也讓會議順利進行。

　　「這次的聯盟就這麼決定了，以後就由阿信負責發出各種訊息及警告，他等等會教大家怎麼使用網站。」銀樓代表站在台上，拿著麥克風說。

　　阿信的做法很簡單，受害的店家上傳受害畫面到網站上，所有店家需要自行點閱並勾選已經知道訊息，沒點閱的店家會一直被阿信這邊的服務處打電話通知，直到勾選，若再不勾選，將罰款五萬元，做為公益使用，這個方式，很快就被全國其他銀樓跟當鋪業者贊成，要求加入聯盟以求自保。

貳拾肆：逼狗跳牆

　　由於銀樓跟當鋪業者聯盟，三組偷天換日的男女紛紛落網，吳宗志跟賴良忠則準備逮捕哲哥跟賈如玉等人。

　　「阿傑，二手市場那邊的監視畫面搜集的如何了？」

　　「隊長，目前已經確定李俊哲跟賈如玉就是幕後老闆。」

　　「找到他們的住處了嗎？」

　　「找到了，在太平的一處偏僻民宅，是賈崇光名下。」

　　「有什麼發現？」

　　「院子裡堆了許多東西，可能都是偷來的。」

　　「繼續監視，我要想個辦法把他們一網打盡。」

　　「可是，台北那邊不是已經提供證據？」

　　「那些證據太薄弱，因為是晚上，影像多半不夠清楚，要定罪，官司要拖延很久，太麻煩。」

　　「你打算怎麼辦？」

　　「逼狗跳牆。」

　　「什麼？我不懂。」

　　「你不必懂，只要照我的佈局去做就是。」

　　星期六跟星期天的二手市場，十幾個制服警察跟八個刑警進駐，擺明了不讓哲哥他們動手偷東西，而許多民眾見到警察大陣仗進駐，不願進去逛，到了現場又離開，原本熱鬧滾滾的二手市場，除了商家跟警察，客人寥寥無幾。

　　「哲哥，這裡我們不能再撈了，撤吧！」星期天晚上，太平的老房子裡，賈如玉說。

　　「哼！這些臭條子，根本就想逼死我們。」哲哥用力拍了桌子。

　　「我看，我們還是另外找路吧！」

　　「怎麼找？妳找給我看。」哲哥有點火氣地說。

　　「想不想幹一票大的？」賈如玉用手肘碰了碰哲哥。

　　「當然想，條子再這樣下去，大家都要喝西北風了。」

　　「給我幾個星期準備。」

　　「妳得快點，我們快撐不下去了。」

　　「我知道，不過我要消失幾天。」

　　「去那？」哲哥盼望的眼神看著她。

　　「探路啊！你以為像是大搬家那麼簡單啊！」

「為什麼要探那麼久？」

「說了你也不懂，到底要不要幹？」

「當然要，每個人可以分多少？」

「很難說，可能幾百萬，運氣好的話，也許千萬。」

「這還差不多，等，一個月我也等。」

「那就別一直找我，別用奪命連環 Call，知道嗎！」

「是，開鎖女王。」

「我離開這些日子，準備好這些東西。」賈如玉列了一張清單。

「哇！這麼多東西？」哲哥搔搔頭，看著那張紙，上面起碼有二十樣。

「記得，東西要齊全，否則就可能出錯。」

「好，為了大家的幸福，我一定會找齊的。」

「那我出門了，沒事別找我。」

「知道了！再見。」

「對了，畫紅線的，要買全新的，不能用舊的，可能會有危險。」

「遵命！」

「再見。」哲哥看著她離開，忽然間覺得人生充滿了希望。

貳拾伍：偷竊計劃

賈如玉獨自騎車，開始到各家銀行或郵局觀察，她到底在打什麼主意呢？終於，她看上了其中一家銀行，在半夜又到這附近，仔細地看了各個監視器的角度，還有附近的建築物、巷子等等，她想要搶銀行嗎？看起來又不像。

隔天下午，她租了銀行隔壁棟的一間房子。

「妳好，我想租這間房子。」

「請問，您的職業是？」仲介小姐問道。

「我在附近當個小職員而已。」

「要幾個人住？」

「我跟我表姊，她正在上班。」

「好，我們簽約完，妳們就可以搬進來了。」

然而，她並沒有搬東西進來，只是一個行李箱，裡面除了簡單的衣物，就是筆記本、尺、筆而已。她拿出筆記本寫下一些東西之後，把捲尺往窗外推，另一端是銀行的牆壁，距離只有一公尺半，她也把這個紀錄在筆記本裡。

接下來的幾天晚上，她都在窗口觀察，是否有人經過，而白天則是上到頂樓，拿尺量柱子的寬度，看樣子，她心中已經有了想法。

「哲哥，東西找齊了嗎？」賈如玉回到太平。

「還差幾樣。」

「動作要快，明天晚上要動手。」

「這麼快。」

「你不是要我快點的？」

「妳的效率真好。」

「把大家找過來吧！我要分配工作了。」

「誰最會鑽孔？」賈如玉問。

「我。」其中一人舉手。

「鑽一面牆，兩尺見方要多久？」

「大概十五分鐘吧！」

「還可以！那鑽這個鎖呢？」賈如玉拿出一個鐵箱，是個小型保險箱。

「大概十幾秒吧！」

「好，現在就動手，我看看你的速度。」

　　只見他拿起電鑽，花了約二十秒，就把鎖給破壞，並且打開這個保險箱。

　　「很好，那麼，連續鑽幾個，鑽頭需要換？」

　　「五個左右吧！」

　　「那就帶二十隻鑽頭進去。」

　　「帶那麼多？」

　　「少廢話，到底想不想賺錢？」

　　「當然想啊！」

　　「那就照我說的去做。」

　　「所以，我必須破壞一百個保險箱了。」

　　「不然呢？」賈如玉瞪著他。

　　「好啦！我知道妳的想法了。」哲哥忽然插嘴。

　　「你說看看。」賈如玉說。

　　「阿榮負責鑽孔，鐵釘負責打開，永業，你跑得最快，由你負責裝袋，然後用跑的，拿到洞口，這樣對嗎？女王。」

　　「沒錯，真不愧是老大。」

　　「誰負責接應？要怎麼接應？」哲哥問。

「洞口的對面是一扇窗，我跟小晴負責接應。」

「洞離窗口多遠呢？」哲哥問。

「只有一點五公尺，很近的。」

「那我跟阿郎要做什麼？」

「你們要在屋頂待命，等他們三個人完成任務，要把他們安全的接到我這邊。」

「要怎麼做？」

「兩根繩子，他們會趴著爬出來，然後繩子套住身體，我會伸手拉住他們，讓他們爬進屋子。」

「照妳這麼說，直接綁住不就行了？」

「沒那麼簡單，要隨時調整繩子的高度跟位置，所以要用到無線電。」

「好吧！就照女王說的。」

「還有什麼問題？」賈如玉問。

「那裡是銀行的保險櫃，沒有警鈴嗎？」

「警鈴，沒有，我已經進去看過了，這是內部的圖，而且我算過了，就算被路人看到，然後報警，你們也至少有五分鐘可以跑，絕對沒問題的。」

「沒有警衛嗎？」

「那棟大樓的夜班管理員是個胖子，晚上十一點就會開始打瞌睡，等他發現再報警，也許會更久。」

「我對這次行動越來越有信心了。」哲哥說。

「對了，鈔票只能拿舊鈔，新鈔不能拿，以免日後露出馬腳，知道嗎？」

「知道了！女王。」阿榮、鐵釘、永業同時回答。

「明天晚上十點半到這裡，分批行動，以免太招搖而被發現，十一點開始行動，預計十五分鐘鑽牆壁，然後能拿多少就拿多少，二十隻鑽頭全部報廢的時候，就可以撤了。」賈如玉花了不少時間解釋細節，直到所有人都明白自己的部份為止。

貳拾陸：穿牆大盜

　　隔天晚上，一行人照著賈如玉的指示，五人進入她租的房子，兩人上了屋頂，繩子就定位後，阿榮便吊掛在牆外開始鑽牆壁，雖然很大聲，不過沒人發現，因為樓下是早餐店，他們要四點才會來開門，鄰居因為多半是外地人，放假不是出去玩就是回老家，此時，只有一個鄰居在，不過他在洗澡，沒聽到鑽牆的聲音。

　　「鑽好了，我先進去。」阿榮推倒那片牆，雖然造成巨大的聲響，卻依然沒有被發現，他率先進入，並且開始鑽保險箱，而此時，鐵釘也已經在他身旁，開始將保險箱打開，不到一分鐘後，永業則是拿著袋子將物品倒進去，幾分鐘後，他跑到洞口，把袋子交給小晴，並接過另一個袋子。

　　「永業，先裝鈔票吧！」阿榮指著堆積如山鈔票。

　　「這麼多？」鐵釘懷疑地看著鈔票說。

　　「快幫忙！」永業雙手撐住袋子，不到一分鐘，袋子就滿了，他連忙跑到洞口。

　　「再給我兩個袋子。」永業對小晴說。

　　「拿去。」

　　當永業回去裝完鈔票，阿榮已經在換鑽頭，鐵釘也打開了第五十個保險箱。

「好喘！」永業擦去額頭上的汗水對鐵釘說。

「不然你來開！」鐵釘說。

「我才不要，趕快完成吧！我不想待在裡面太久。」

「那你抱怨什麼？這可是我們這輩子最大的一筆。」

「你們兩個別聊天了，好嗎？我只剩十個要鑽了。」阿榮說。

「遵命！」鐵釘說。於是兩人合力裝完最後的幾個保險箱，此時阿榮已經爬出洞口，一手拉著賈如玉，小晴則是抱住賈如玉的腰，接著鐵釘也爬了出來，永業推著最後一個袋子爬出之後，眾人立即離開那間屋子，到了另一處民宅分贓，那是更偏僻的空屋。

「現金總共是五千三百萬，你們每個人七百六十萬，還有一些是鑽石、翡翠、金條，詳細數字等賣掉再說。」哲哥等七人把現金分成七袋，他自己則是少拿二十萬。

「哇！這輩子第一次看到這麼多錢。」小晴說。

「各位，該是分手的時刻了，趕快走吧！能躲多久是多久，等銀行發現之後，我們就會變成條子追捕的對象。」哲哥雖然語出驚人，但他的顧慮是對的。

「阿傑，你們怎麼盯的？怎麼人都不見了。」吳宗志氣憤的瞪著他。

「對不起，我太累了，睡著了。」

「現在可好了，銀行總共損失五千三百萬，還有客戶的珠寶，總值快一億。」

「這……這麼嚴重？」阿傑呆住了。

「嚴重的是人都不見了，要怎麼抓？」

「都……都是我不好。」

「算了，發布通緝令吧！」

「是，我馬上做。」

「等等，把照片也拿給阿信一份，偷了這麼多珠寶，他們一定會找當鋪或是銀樓銷贓。」

「宗志，是不是要我發布歹徒的照片？」銀樓裡，阿信一眼就看出他的來意。

「你果然很厲害。」

「有清單嗎？這樣我們比較好辦事。」

「晚一點，現在還在問銀行的客戶。」

154

「知道誰幹的嗎？」

「知道！你的初戀情人。」

「噗～～～」阿信把嘴裡的茶全噴了出來，因為這太出乎他的意料了。

「幹嘛？你不是早就對賈如玉死心了？」

「我⋯⋯」

「如果她來找你銷贓，你可不能心軟，否則你會變成共犯的。」吳宗志認真的看著阿信。

「明白，唉～卿本佳人，奈何為賊啊！」阿信嘆了好長一口氣，面色凝重。

貳拾柒：粉身碎骨

　　雖然這些人得手了巨款，但警方也不是省油的燈，分別在阿榮、永業、小晴的老家逮住他們。鐵釘則是跑去酒店喝酒抱女人，在擴大臨檢中落網。

　　「剩下李俊哲、賈如玉、陳玉郎三個人了。」阿傑說。

　　「陳玉郎比較簡單，他一定回老家的，李俊哲多年來居無定所，賈如玉也是，他們兩個比較讓人頭痛。」吳宗志拿出陳玉郎的資料交給阿傑。

　　「你想先抓陳玉郎。」

　　「嗯！」

　　「還有別的指示嗎？」

　　「先抓到人再說。」

　　阿傑跟幾個隊員，輪流在吳宗志指示的地點埋伏，終於抓到陳玉郎，並帶回刑警隊偵訊。

　　「阿郎，又見面了。」吳宗志說。

　　「別說的這麼親密，你是警察，我是賊。」

　　「怎麼說也是同學一場。」

　　「同學又怎樣？還不是千方百計想抓我。」

「事情已經到了這個地步，難道你想關到老嗎？你這麼孝順，你怎麼面對你媽媽？」

「你……」

「我怎麼了？你們鬧得這麼大，都上國際版頭條了。」吳宗志把電腦的畫面切到 CNN 新聞網的首頁。

「好吧！你希望我怎麼配合你？」

「要怎麼找李俊哲跟賈如玉？」

「我只有賈如玉的電話，分錢之後，我就沒有見過他們兩個，我不確定還能不能找到他們。」

「沒關係，電話給我就行了。」

「我會判多久？」

「不一定，不過，既然你肯配合，我會想辦法讓你少關一點的。」

「那就麻煩你了。」

「阿傑，聯絡小白，請他找一下這隻電話的位置。」

「明白。」吳宗志將電話交給阿傑，準備將這個集團徹底瓦解。

「隊長，在這棟大樓的十一樓。」阿傑坐在偵防車上，比著一棟大樓說。

「小心點，李俊哲很會爬牆的，還有那個賈如玉，雖然是女人，可是很會鑽，也很會跑。」吳宗志說。

「出口都封鎖好了，我們可以上去抓人了。」阿傑說。

套房大樓的十一樓，阿哲跟賈如玉正在慶祝，兩人脫得精光，在床上翻雲覆雨，忽然間，電鈴響了。阿哲全身赤裸走到門口，卻看到門外一堆人等在那裡。

「是警察，快穿衣服，爬到樓上。」阿哲回到床邊。

「怎麼辦？」

「快爬就是了，我先走一步了。」阿哲穿上內褲、牛仔褲、上衣便急忙跑到陽台，而賈如玉則是穿好全部的衣物跟鞋子，才正要起身，窗外的阿哲一聲慘叫：啊～～～，消失在賈如玉的面前，她連忙跑到陽台往下看。

「完了，這下全完了。」賈如玉看著已經著地的阿哲喃喃自語，仰天長嘆之後，她打開了門。

「把手舉起來！李俊哲呢？」阿傑大喊。

「他摔死了。」賈如玉伸出雙手，吳宗志將她上銬。

　　而李俊哲，則是摔得粉身碎骨，當場死亡，一樓的便利商店外，十多個人圍觀，議論紛紛。

　　「好險沒壓到我。」一個女人說。

　　「對啊！老婆，只差一公尺不到。」

飛簷走壁

後　記

　　小偷有很多種，有亂偷一通的、有專偷一類物品的（車、珠寶、名畫……）、當扒手、或者順手牽羊等等，總之都是偷偷摸摸的，不是光明正大的，雖然單次的刑責不高，但台灣現在的法律是一罪一罰，累積起來還是有可能達到十年以上，跟被輕判的殺人罪差不多，千萬不要覺得沒什麼就去做。

　　黑吃黑在犯罪中很常見，那些高明的罪犯，會在大行動的前後動手，除了獲得暴利，也可以順便鏟除對自己的威脅，重點是他們動手前，還會跟被害人稱兄道弟，降低對方的防備，這樣下手就容易多了。

　　數位時代的來臨，所有人的基本資料取得不再困難，如果被有心人拿來犯罪，尤其是詐騙集團，得手的機率還蠻高的，有了姓名、年齡、電話、戶籍同住親屬，他們得逞的機率就更高了。許多地方需要填寫這些資料，例如辦會員卡、辦手機的地方，他們可以取得受害者完全正確的近況，讓人防不勝防，誰會想到這些資料被不肖人士拿去利用呢？

　　人多的地方，是扒手最愛的，他們通常至少三人，得手後第一個偷的人即使被抓也沒用，因為他們會迅速將贓物轉往另兩人身上，等被害人發現找不到東西時，其中一人早已不知去向，帶著贓物數錢去了。在公共場所要特別注意隨身物品，並注意刻意靠近自己的人，別成了扒手的目標。隨著監視器價格降低而普及，竊案的發生已經降低許多，不過像是萬人造勢、

元宵節燈會、跨年晚會等處，扒手還是很囂張的，因為那是他們主要的收入來源，而且都在晚上，監視器未必能夠拍得清楚，要抓到且定罪並不是那麼容易，如果是集體出動，幾秒鐘就可以把偷來的錢包轉五至六人之遠，想抓到真的很難，因為動手偷的人甚至故意被抓，然後找不到錢包，被害人被唬得一愣一愣的，說不定還被敲詐一筆，說是被誣賴，要求精神損失賠償，萬一是這樣，那可是賠了夫人又折兵啊！或許我把失竊數字誇大了，但也只是希望大家在人多的地方保持警覺，畢竟誰都不希望自己是受害者，絕沒有看輕警察的意思，這點還請所有的警察多多諒解，明白我的用心良苦。

還有一種就是拿磚塊敲車窗偷零錢的，可能只得手幾十元，但被害人可是得換玻璃，萬一還沒發現又下大雨，那損失可能就超過十萬以上，最常見就是車站附近，搭車的人為了省錢，停在沒人看管的地方，結果是得不償失，記得高鐵剛開通那年，我為了搭第一班車去台北，起了大早趕到那裡，正好看到一部車已經被敲破玻璃。那條路上，非常多的玻璃碎片，也許是早已發生多次類似的竊案吧！？

正所謂財不露白，不要讓小偷知道哪裡有錢偷，他們自然不會找上門，很多時候，我們都太過大意，才讓小偷起了歹念，有一次去拍煙火，佔位的多半是腳架，結果有人相機上了腳架，人就離開，很不幸的，他的相機就被偷了，旁人還以為小偷只是把相機拿下來，雖然相機有號碼，但如果沒報案，或是拍照

的人上傳照片時把照片的內建資料洗掉，基本上是查不到的。
就像我父親常告誡我的，別給壞人機會，當你給他們機會，你
在無形中，也成了共犯，是你引誘他們犯罪，雖然在法律上你
是受害者。

國家圖書館出版品預行編目資料

飛簷走壁／藍色水銀 著.—初版.—
臺中市：天空數位圖書 2021.06
面：14.8*21 公分
ISBN：978-986-5575-32-8（平裝）

863.57　　　　　　110009308

發　行　人：蔡秀美
出　版　者：天空數位圖書有限公司
作　　　者：藍色水銀
編　　　審：龍璈科技有限公司
製 作 公 司：小馬工作室有限公司
版 面 編 輯：採編組
美 工 設 計：設計組
出 版 日 期：2021 年 06 月（初版）
銀 行 名 稱：合作金庫銀行南台中分行
銀 行 帳 戶：天空數位圖書有限公司
銀 行 帳 號：006-1070717811498
郵 政 帳 戶：天空數位圖書有限公司
劃 撥 帳 號：22670142
定　　　價：新台幣 320 元整
電子書發明專利第 Ｉ 306564 號

紙本書編輯印刷：
電子書編輯製作：
天空數位圖書公司 E-mail：familysky@familysky.com.tw　http://www.familysky.com.tw/
地址：40255台中市南區忠明南路787號30F國王大樓　Tel：04-22623893　Fax：04-22623863